MUSÉE
MORAL & LITTÉRAIRE
DE LA FAMILLE

LES LANCES
DE LYNWOOD

LES LANCES

DE LYNWOOD.

MUSÉE

MORAL ET LITTÉRAIRE

DE LA FAMILLE.

Collection économique d'ouvrages nouveaux et intéressants, publiés dans le format grand in-8°, papier fort. Chaque volume est orné d'un sujet gravé et élégamment broché.

Novembre 1860.

OUVRAGES PUBLIÉS :

1. **La Chaumière de Haut-Castel**; par E. Benoît.
2. **Le Village des Alchimistes**; traduit par A. D'Aveline.
3. **Clémence ou Dieu veille sur l'orpheline**; par H. Van Looy.
4. **Les Périls de Paul Perceval**; par De Courson.
5. **La Ferme d'El-Rharbi**; par Arm. De Solignac.
6. **Les Baguettes du petit Tambour**; par A. D'Aveline.
7. **L'Etoile de Tunis**; par Ch. Raymond.
8. **Au foyer de la famille**, nouvelles; par Thil-Lorrain.
9. **Le Sire Evrard**; par René De Maricourt.
10. **Les Amies de Pension**; nouvelle traduite de l'anglais.
11. **Edouard Blackford**, Épisode de l'Histoire d'Angleterre.
12. **Les Lances de Lynwood**; par J. W. Parker. Traduit de l'anglais.

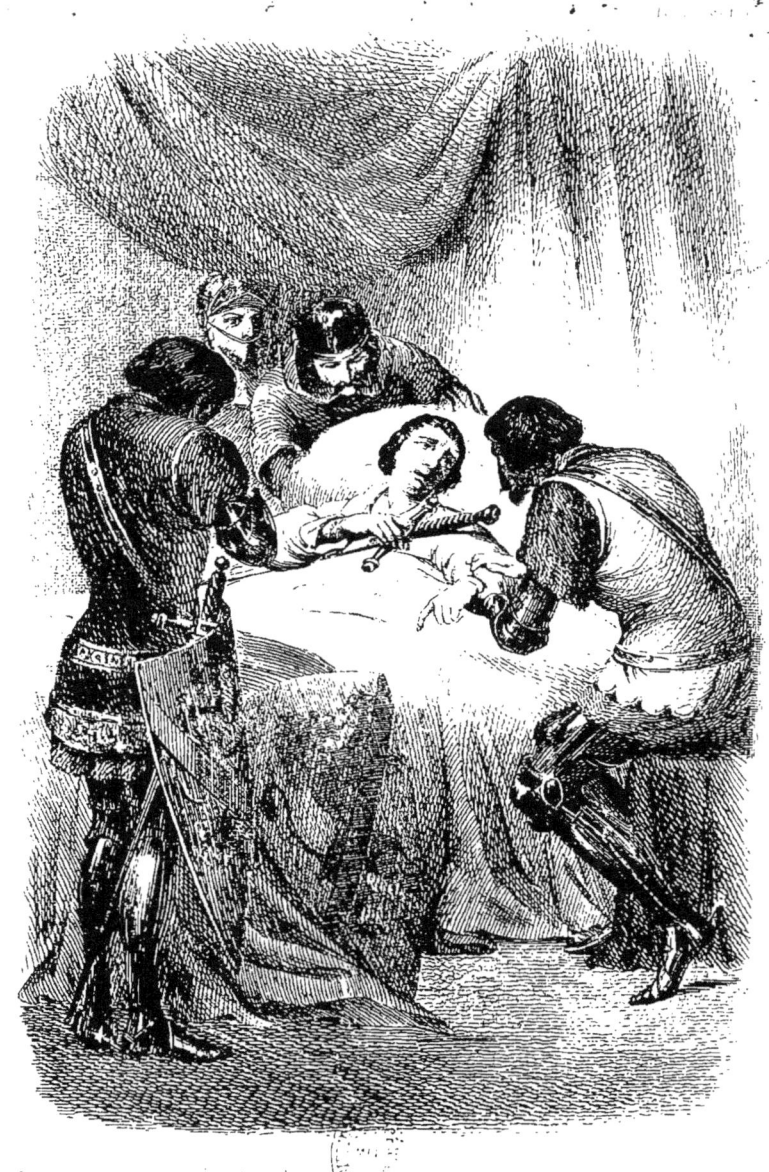

LES LANCES
DE LYNWOOD

Par J. W. PARKER.

TRADUIT DE L'ANGLAIS.

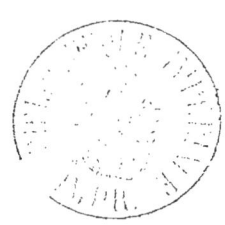

Oh ! vous savez peu quel ennemi généreux
était notre prince Edouard !... Un cœur doux,
un bras puissant, ce sont les qualités qui font
un bon chevalier.

PARIS
LIBRAIRIE DE P. LETHIELLEUX,
RUE BONAPARTE, 66.

TOURNAI
LIBRAIRIE DE H. CASTERMAN,
RUE AUX RATS, 11

H. CASTERMAN
ÉDITEUR.

Imprimatur.

Tornaci, die 15ᵈ novembris 1860.

A -P.-V. DESCAMPS, Vic.-Gen.

LES LANCES

DE LYNWOOD

CHAPITRE PREMIER.

Le retour.

L'Angleterre avait rarement présenté un aspect plus calme et plus paisible que sous le règne d'Edouard, lorsque les esprits turbulents trouvaient à s'occuper dans les guerres étrangères, et que la sage administration du monarque faisait régner à l'intérieur du pays un degré d'abondance et de prospérité inconnu depuis la conquête par les Normands. Le château et la chaumière, le couvent et l'église, tout témoignait également du bien-être et de la sécurité des populations, tant par l'élégance commode des édifices nouvellement construits que par l'absence de toutes ces menaçantes précautions usitées dans les temps de confusion et d'anarchie. Tel était l'aspect du village de Lynwood, où, parmi les chaumières et les métairies occupant une des fertiles vallées du comté de Somerset, s'élevait l'antique castel de pierre grise dont les fortifications étaient entretenues plutôt comme marque du rang de son propriétaire, que comme une défense requise pour sa sécurité. Bien que le fossé fût plein d'eau et débarrassé de toute végétation parasite, le pont-levis était couvert d'une si épaisse couche de terre piétinée et bordée de chaque côté d'une ligne de gazon, que malgré les puissantes chaînes qui le liaient au portail, il semblait être fixé à terre d'une manière permanente. La herse, avec ses piques aiguës, le dominait d'un air menaçant, mais une guirlande de lierre serpentait autour de la coulisse par laquelle on l'abaissait dans des jours moins heureux, et le vestibule, toujours ouvert selon les mœurs hospitalières du temps, était fermé, la nuit seulement, par une porte qui cédait à une légère pression. Sous le mur de la cour, au midi, se trouvaient des parterres variés, le plaisir et la gloire du vieux sénéchal, Ralphe Penrose, personnage, à ses propres yeux, le plus important du château de Lynwood, intendant du service domestique, conseiller de la châtelaine, et professeur des jeunes gentilshommes dans les exercices de la chevalerie.

Par une belle soirée d'été, le vieux Ralphe se tenait devant la porte; sa tête chauve et les rares boucles de ses cheveux gris étaient découverts, sa brune et robuste figure, marquée d'une profonde balafre reçue à Halidon-Hill, se tournait vers la châtelaine, et exprimait à la fois une déférence respectueuse et une grande satisfaction personnelle; lady Lynwood était debout; sa taille était petite et frêle, son visage, quoique très-beau, était pâle et maigre, et son sourire, pendant qu'elle écoutait le récit de la conduite du sénéchal envers un vassal réfractaire, décélait quelque chose de pensif et de mélancolique; en même temps, elle suivait des yeux un bel enfant de sept à huit ans qui, monté sur un vieux cheval de guerre, faisait le tour de la cour, conduit par un jeune homme paraissant son aîné d'une dizaine d'années.

— Voyez, mère, s'écria l'enfant, je tiens les rênes moi-même; oncle Eustache n'y touche pas du doigt.

— Comme je le disais, madame, continua Ralphe sans se déconcerter de l'interruption, je lui ai répété que je n'aurais pas cru qu'un vassal, exempté par notre noble maître du service féodal des camps, profiterait de son absence pour refuser les redevances d'usage. J'ai ajouté que nous verrions s'il aimerait mieux être envoyé à Bordeaux portant sur les épaules un carquois de flèches, au lieu de la gerbe de blé qui devrait déjà être rendue dans notre grange. Mais vous êtes trop douce avec ces gens, mylady, et ils deviennent insolents pendant la longue absence de sir Reginald.

— Tout va mal en son absence, répondit la châtelaine. Bien des tristes jours se sont écoulés depuis que l'archer blessé nous apporta l'annonce de son retour.

— Aussi, dit le jeune homme en se retournant, ce retour est d'autant plus prochain. Courage, douce sœur Eléonore, égayez-vous, car il reviendra bientôt.

— Tant de *bientôt* se sont passés, que mon cœur ne se sent

plus la force d'admettre cet espoir, répondit Eléonore ; et quand il reviendra, sa présence ne sera que l'heureux rêve d'un moment : le prince ne peut guère se passer de lui.

— Vous le suivrez, ma sœur, et vous verrez comment je débuterai près de lui dans la carrière chevaleresque, c'est-à-dire, s'il veut seulement me croire capable de porter l'épée et le bouclier.

— Ah! monsieur Eustache, dit Ralphe en secouant la tête, si vous ressembliez à tant d'autres que j'ai connus de votre race! Parlez-moi de sir Henry ; à votre âge, il avait déjà donné de la besogne aux brigands d'Ecossais. Et pour ne pas aller plus loin que sir Reginald lui-même, à quinze ans il prenait part à la bataille de Crécy, à côté du prince.

— Il n'y a pas de ma faute, Ralphe, si je n'en ai pas fait autant, répondit Eustache, tu sais bien que ce n'est pas faute de le vouloir.

— Non, grâce à mes soins, je sais que vous avez au moins la volonté et la science nécessaires pour faire un brillant chevalier, reprit Ralphe ; et cependant, quand je pense à la haute stature et aux larges épaules de ceux qui vous ont précédé....

— Ecoute, écoute, cria Eustache, coupant court à une comparaison qui ne paraissait pas devoir être flatteuse, n'entends-tu pas, Ralphe, un cor?

— C'est le cor de Lynwood ! le cor de mon mari ! ah ! grâces soient rendues aux saints! s'écria la jeune châtelaine en joignant les mains, tandis qu'Eustache, montant en croupe derrière son petit neveu, traversa le pont-levis aussi vite que le permettaient les vieilles jambes raides de Blanche-Etoile. Parvenus au sommet d'une petite élévation de terrain, ils aperçurent la croix bleue sur un champ d'argent, flottant au-dessus d'une troupe de cavaliers dont l'armure étincelait aux rayons du soleil couchant. Tous deux s'écrièrent :

— C'est notre pennon, c'est lui-même !

— Voilà les lances de Lynwood, Arthur, dit Eustache en sautant à terre. Tiens-toi ferme et va au-devant de ton père, comme le fils d'un brave chevalier.

Il mit alors les rênes dans la main de l'enfant et marcha à côté de lui à la rencontre des arrivants. Ils étaient environ vingt, tous armés de même avec des corselets marqués d'une croix bleue, des casques de fer et de longues lances. En tête se trouvaient deux personnages d'un rang plus élevé; le premier

était un homme de noble apparence et de haute stature : un
bonnet de velours bleu ombrageait sa mâle physionomie et
couvrait à demi les courtes et brunes boucles de sa chevelure ;
un homme d'armes portait son casque ; il était vêtu d'un pourpoint et d'un haut-de-chausses de peau de daim ; son épée pen-
dait à son côté, et un large manteau blanc, brodé d'une croix
bleue, était jeté sur son épaule. Son compagnon, qui portait à
l'arçon de sa selle un bouclier blasonné de devises héraldiques
écarlate et or, était d'une taille encore plus élevée et très-mince ;
ses grands yeux perçants, ses cheveux et ses moustaches
étaient noirs comme le jais, et il avait le teint basané, le nez
aquilin et les dents d'une blancheur remarquable. Aussitôt que
le cavalier dont nous avons parlé d'abord aperçut Eustache et
Arthur, il sauta à terre et alla à leur rencontre avec mille dé-
monstrations d'affection et de joie. Un instant après, dame
Eléonore apparut sur le pont-levis, et, pleurant de bonheur,
tomba dans les bras de son mari. Derrière elle venait le vénérable
chapelain, le père Cyrille, suivi à quelques pas par Ralphe
Penrose ; tous deux reçurent du chevalier un salut amical, puis
sir Reginald entra dans la cour du manoir de ses ancêtres, tenant
son fils par la main, et soutenant sa femme appuyée sur son bras ;
il se retourna aussitôt, et dit à son compagnon :

— Ami Gaston, soyez le bienvenu. Dame Eléonore et vous,
frère Eustache, je vous présente mon fidèle écuyer, maître
Gaston d'Aubricour.

Les courtoisies d'usage se passèrent entre la dame et l'écuyer,
qui, après avoir dit quelques mots au chevalier, resta dans la
cour pour surveiller l'installation des hommes d'armes, tandis
que sir Reginald entra dans le vestibule avec sa femme, son fils
et son frère. Eustache n'y resta pas longtemps, il comprit que
Reginald et Eléonore avaient beaucoup à se dire, et d'ailleurs
sa curiosité et son intérêt étaient grandement excités par la
nouveauté de la scène que présentait la cour du château si dif-
férente de son habituelle et paisible monotonie. Les hommes
dessellaient leurs chevaux, les frottaient, les faisaient promener
ou enlevaient la poussière et la boue qui couvraient leurs armures, tandis que d'autres renouvelaient connaissance avec
les villageois qui entouraient joyeusement les soldats natifs de
Lynwood. Au milieu d'eux se trouvait l'écuyer étranger, qui
tout en surveillant un palefrenier occupé à bouchonner le beau
cheval de guerre du chevalier, donnait des ordres, répondait

aux questions qu'on lui faisait de tous côtés et permettait aux hommes natifs du village de se retirer dans leurs familles. Ralphe Penrose se tenait près de l'étranger et sa physionomie fit comprendre à Eustache qu'il était peu content de voir dans le château une nouvelle autorité ; l'écuyer ne lui faisait que des questions courtes et rapides, lorsque l'ignorance des lieux l'obligeait à demander des informations. L'accent français de Gaston d'Aubricour assombrit de plus en plus le front du vieux sénéchal qui finit par s'éloigner, grommelant entre ses dents :

— Bien, que ce soit comme vous voudrez, je suis trop vieux pour goûter vos gaies modes françaises. Ce n'était pas ainsi du temps de Humphrey Harwood, quand.... mais on ne veut plus que du français maintenant ! Sir Reginald a ramené avec lui autant de voleurs gascons que d'honnêtes Anglais !

Eustache écouta un moment ses murmures, mais sans y répondre ; s'avançant alors vers l'étranger, il attendit l'occasion d'offrir quelque service, malgré l'embarras que lui inspirait le sentiment de son infériorité en fait de talents et d'expérience. L'écuyer fut le premier à rompre le silence.

— C'est donc ici le vieux castel de sir Reginald ! un beau vieux fort : il soutiendrait au moins quinze jours de siége ! Ah ! n'y a-t-il pas là-bas un point faible ? J'entreprendrais d'escalader cette tour, si les béliers faisaient diversion de l'autre côté.

— J'espère qu'on ne l'essaiera jamais, répondit Eustache.

— Ce serait un beau fait d'armes à voir ! mais je vous demande pardon, ajouta-t-il montrant avec un rire joyeux ses dents blanches, l'état de mon pays m'a accoutumé à regarder tous les châteaux-forts à un point de vue d'attaque ou de défense, et votre frère me dit que je ne suis pas en arrière de mes compatriotes pour ce que vous autres Anglais appelez des gasconnades.

— Vous avez vu bien des siéges et des faits d'armes? demanda Eustache, en regardant son compagnon d'un air de respectueux embarras.

— Je n'ai vu presque que cela depuis que notre château d'Aubricour a été saccagé et brûlé par le comte de Béarn ; trois champs de bataille, deux villes prises d'assaut, et plus de châteaux que je ne puis me rappeler.

— Hélas! dit Eustache, je n'ai encore assisté qu'à la revue de l'armée à Taunton !

D'Aubricour rit.

— Ne vous chagrinez pas, dit-il. Vous avez du temps devant vous, et une armée à Bordeaux en vaut quatre partout ailleurs. Mais j'oublie que je parle à un jeune clerc; cette dénomination ne s'accorde guère cependant avec l'éclair qui brille dans vos yeux et avec l'arme suspendue à votre côté.

— On me destinait à la cléricature, mais Dieu ne m'appelle pas à cet état, et sans son appel, nul ne doit oser entrer dans le sanctuaire; aussi, j'espère prouver à mon frère que je suis propre à la carrière qu'il a embrassée lui-même. Seigneur écuyer, dites-moi, trouvez-vous que je paraisse incapable de soutenir l'honneur de mon nom?

— La force seule est peu de chose, répondit d'Aubricour, autrement ce beau géant, John Ingram, serait le meilleur guerrier de l'armée ; la haute stature ne compte pas pour beaucoup non plus. Duguesclin lui-même est des plus petits; et vous ne me paraissez pas le garçon, sur la nature timide et faible duquel j'ai entendu sir Reginald se lamenter, continua-t-il en examinant son jeune interlocuteur de la tête aux pieds.

Eustache avait en effet à peine atteint la taille moyenne, et s'il était très-mince, ses membres cependant étaient bien proportionnés, son pas ferme et chacun de ses mouvements plein d'activité et de grâce ; sa figure ombragée par des cheveux châtain-clair était d'un teint délicat, ses traits étaient fins et l'expression habituelle de sa physionomie un peu pensive, mais on voyait fréquemment et surtout en ce moment, un feu comprimé briller dans ses yeux bleu-foncé, ce qui transformait le regard grave et réservé du jeune clerc, en le coup d'œil ardent et hardi du guerrier.

— Un chevalier de la tête aux pieds! s'écria d'Aubricour, frappant Eustache sur l'épaule, quand il eut fini son inspection. Je me charge de vous former, mon gentil damoiseau, et on verra si je ne fais pas de vous un aussi preux chevalier que le plus fort géant de la chrétienté. Connaissez-vous ce jeu?

Il prit une des lances que les hommes avaient mises de côté ; Eustache suivit son exemple et s'acquittait à la satisfaction de son compagnon de quelques manœuvres chevaleresques, lorsque l'annonce du souper vint mettre fin à leur divertissement.

CHAPITRE II.

Le Jeune Écuyer.

La maison de Lynwood toute dévouée à la cause royale, jouissait d'une renommée qui souvent lui coûta cher ; car dans les moments où le parti populaire prenait de l'ascendant, ses voisins, les seigneurs de Clarenham, ne manquaient jamais d'en profiter, pour empiéter sur ses domaines et sur ses priviléges.

Ainsi quand le vieux croisé, sir Hugo Lynwood, tomba à Lewes entre les mains des partisans de Simon de Montfort, on le traita avec une excessive rigueur, afin d'obtenir qu'il reconnût la supériorité féodale des Clarenham, et, bien que le triomphe du parti royal à Evesham lui eût rendu la liberté, ses possessions n'en restèrent pas moins fort diminuées. Les troubles du règne d'Edouard II furent également préjudiciables à la fortune des Lynwood. Sir Henri, père du chevalier actuel, était un partisan fidèle de l'infortuné monarque, et se joignit même au malheureux Edmond, comte de Kent, dans l'entreprise où celui-ci se laissa prendre au piége après le meurtre de son frère. Sir Henri ne sauva sa vie que par une fuite précipitée, et le jeune Edouard III, alors sous la tutelle de sa mère Isabelle et de Roger Mortimer, confisqua ses biens en faveur du baron Simon de Clarenham ; mais quand enfin le roi fut parvenu à s'affranchir de l'odieuse régence de la reine-mère, tout le comté de Somerset se leva pour chasser les usurpateurs du château de Lynwood et y rétablir le seigneur légitime. Simon de Clarenham ne fit pas beaucoup de résistance, parce qu'il savait bien qu'un appel au roi occasionnerait la révocation instantanée de la concession faite en sa faveur ; il aima donc mieux dissimuler pour le moment. Sir Henri Lynwood vécut et mourut en paix. Son fils aîné, sir Reginald, fut envoyé de bonne heure au camp royal, s'y dis-

tingua et gagna la protection et l'amitié du vaillant prince de
Galles. La querelle avec les Clarenham sembla être définitive-
ment oubliée lorsque, par l'entremise du prince, Reginald
obtint la main de lady Eléonore, fille d'un brave chevalier de
cette famille tué dans les guerres de Bretagne. Depuis ce
moment le baron de Clarenham et son fils Foulques vécurent en
bonne intelligence avec le chevalier de Lynwood; et cette
alliance se resserra encore davantage lors du second mariage du
baron avec lady Muriel de la Poer, proche parente de la mère
de sir Reginald.

Bien souvent la dame Eléonore Lynwood se rendait à cheval
au castel de Clarenham sous l'escorte de son jeune beau-frère,
toujours enchanté de ces excursions qui faisaient diversion à la
monotonie de sa vie au vieux manoir solitaire de Lynwood.

Eustache était le seul des plus jeunes enfants de sir Henri
qui eût survécu au trop ou au trop peu de soins qui éclaircis-
sait autrefois les rejetons des familles nobles; suivant l'opinion
d'un grand nombre, il aurait aussi bien fait de reposer avec ses
frères dans les caveaux de la petite chapelle normande, sous
une statuette de cuivre représentant sa taille enfantine, car
c'était un enfant chétif et souffreteux, scandalisant souvent son
père et ses vassaux par la frayeur que lui inspiraient le casque et
l'épée, et préférant aux chevaux, aux levriers et même à la
vue des jeux du carrousel, le plaisir d'aller s'asseoir aux pieds
de sa mère, d'entendre le conte de fée de sa nourrice, le chant
du ménestrel ou le bréviaire du prêtre. Les cinq dernières
années avaient cependant opéré en lui un grand changement :
sa constitution, si délicate jusqu'alors, devenait de jour en jour
plus robuste, et la timidité de son caractère faisait place à une
fermeté à toute épreuve. L'amour du devoir et l'étude assidue
des mœurs de la chevalerie, selon la pensée chrétienne à laquelle
cette belle institution dut sa naissance, le remplissaient d'ému-
lation dans l'acquisition des connaissances militaires, en attendant le jour où il lui serait permis de paraître à la cour du
prince. Son imagination lui peignait cette cour investie de la
gloire de la Table-Ronde et des Paladins, et, quoiqu'il comprît
bien qu'il ne fallait pas y chercher un Merlin ou le Siége Périlleux, il envisageait les chevaliers comme autant de Rollands et
de Tristrams, et à peine osait-il espérer, malgré toute son attention aux leçons de Ralphe, être trouvé digne de leur être
associé un jour.

Quelques-unes des coutumes de Ralphe étaient vraiment antiques et fournissaient un sujet inépuisable d'hilarité à Gaston d'Aubricour, qui ne se lassait pas de taquiner le vieux sénéchal, en décrivant les changements survenus dans les armes, les tournois et les machines de guerre; il n'était jamais à court pour vanter les merveilleux effets de la poudre à canon. Ralphe branlait la tête, prédisant que ces innovations mettraient bientôt fin à toute vraie chevalerie, et s'en allait fourbir son arc favori, murmurant contre la folie du monde d'abandonner les bons vieux systèmes, et surtout contre celle de son maître d'avoir ramené un jaseur gascon, quand les braves écuyers anglais n'étaient pas rares au pays.

Le vieux fort de Lynwood avait perdu son aspect tranquille et presque désert, depuis que le chevalier avait repris sa place parmi la noblesse du pays. Des invitations furent échangées avec ses voisins; des parties de chasse à courre et au faucon, tous les exercices du champ-clos s'entremêlèrent avec rapidité, et l'été se passa gaîment, c'est-à-dire, pour sir Reginald, dont la vie affairée au camp et à la cour, ne lui permettait qu'à de bien rares intervalles, de jouir de la douceur de la vie de famille et de la société de sa femme; pour Eléonore, qui commençait à reprendre la gaieté et les forces que l'anxiété, occasionnée par l'absence prolongée de son mari, avait failli lui faire perdre; et pour Eustache, auquel le retour de son frère et de ses compagnons d'armes, valut une série non interrompue de plaisirs et de distractions. Mais la saison s'écoulait bien moins joyeusement pour les suivants du chevalier; ils regrettaient de plus en plus la brillante cour de Bordeaux et devenaient mécontents de la perspective de devoir passer un long hiver dans un paisible manoir anglais. Leurs appréhensions d'ennui et les espérances contraires de sir Reginald devaient être également désappointées. Deux mois s'étaient à peine écoulés depuis leur arrivée, lorsque le chevalier reçut une sommation ou, pour parler plus exactement, une invitation au fidèle et bien-aimé sir Reginald Lynwood, de se joindre aux troupes que le duc de Lancastre assemblait à Southampton, le prince de Galles ayant promis d'aider don Pedro de Castille à recouvrer le royaume dont il venait d'être chassé par son frère, Enrique de Trastamare. Sir Reginald ne pouvait faire autre chose que de se disposer sans délai à répondre à l'appel de son bien-aimé prince; il était étonné cependant qu'Edouard consentît à tirer son épée pour la cause d'un tel monstre de cruauté, et plus que jamais, il regrettait de quitter les siens; il promit même à Eléonore que ce serait la dernière fois qu'il s'éloignait d'elle.

— Je ne veux que déposer Eustache dans quelque maison honorable où il sera bien formé à la science et aux habitudes d'un chevalier, celle de Chandos peut-être, ou de quelque autre des chefs qui tiennent aux bons vieux usages chrétiens, trouver de bons maîtres pour mes braves gens d'armes, rompre encore une lance avec Du Gueslin et prendre mon congé du prince ; alors, je reviendrai gouverner mes vassaux, cultiver mes champs, et faire l'honnête vieux chevalier campagnard, comme mon père l'était avant moi. Ai-je bien parlé, dame Eléonore?

Eléonore sourit, mais un instant après elle soupira, baissa les yeux, tandis qu'une larme tombait sur la soie bleue avec laquelle elle brodait la petite croix de Lynwood sur son pennon. Sir Reginald allait dire quelque chose pour la distraire, mais dans ce moment le petit Arthur s'élança dans le vestibule, annonçant que l'arquebusier de Taunton était arrivé avec deux mulets chargés de casques, d'épées et de corselets qu'il déballait dans la cour.

Le chevalier s'y rendit tout de suite; tout y était activité et empressement, depuis le nouvel appel aux armes. Le forgeron frappait incessamment sur son enclume, sans pouvoir satisfaire à la moitié des ordres qu'il recevait; Gaston d'Aubricour et Ralphe Penrose commandaient du matin au soir, en désaccord complet l'un avec l'autre; le premier riant toujours, l'autre murmurant sans relâche ; les hommes d'armes allaient et venaient d'après les ordres donnés, recevaient des admonitions, nettoyaient leurs armes, riaient et travaillaient tout à la fois. Dans ce moment presque tous, du moins ceux qui purent quitter leur travail sans recevoir une rude semonce des autorités rivales, le sénéchal et le squire, étaient attroupés autour du perron, sur lequel l'arquebusier déployait ses faisceaux de lances, ses lames de Tolède et un choix de casques de la plus nouvelle mode. D'Aubricour et Ralphe se disputaient sur la qualité d'une certaine cotte de mailles que le sénéchal désapprouvait parce qu'il n'y avait pas de gardes pour les genoux, tandis que l'écuyer soutenait que les genouillères ne servaient qu'à empêcher de marcher et même de se tenir droit une fois le cavalier désarçonné.

— De mon temps, maître d'Aubricour, un brave homme

d'armes ne s'attendait pas à être jeté hors de ses étriers ; mais les temps sont changés !

— Oui, en vérité, ils le sont, maître Penrose, car de nos jours, nous ne nous rendons pas dès que nous sommes à bas, et nous ne restons pas renfermés dans notre coquille, comme de grosses tortues de terre sur leur dos, attendant que quelqu'un veuille bien nous donner le coup de miséricorde.

— Paix, paix, Gaston, dit le chevalier ; si nous nous tirons d'affaire aussi vaillamment que nos pères, nous n'aurons pas de quoi rougir. Que pensez-vous des accoutrements de cet homme ?

— Que j'aurais un meilleur équipement pour moitié prix, à Bordeaux, chez le vieux Battista le Lombard ; cependant comme Eustache serait la risée de la cour s'il y paraissait armé à la guise de Ralphe, je pense qu'il vaut autant tâcher de rendre ce vieux brigand un peu plus raisonnable dans ses demandes.

Avant que la question fût décidée, un piétinement de chevaux se fit entendre et un cavalier entra dans la cour ; son maintien et sa mise annonçaient un personnage de distinction ; il était accompagné d'un jeune homme de dix-huit à dix-neuf ans et suivi de deux domestiques. Sir Reginald et son frère s'avancèrent pour les recevoir.

— Sir Philippe Ashton, dit le premier, soyez le bienvenu ; c'est vraiment bien de votre part de venir nous dire adieu.

— Je regrette que ce soit une visite d'adieu, sir Reginald, dit le vieux gentilhomme en descendant de cheval, tandis qu'Eustache tenait son étrier, notre pays peut difficilement se passer d'hommes tels que vous. Merci, mon jeune ami Eustache. Vois, Léonard, ce qu'une bonne éducation peut faire pour un écuyer ; Eustache a déjà acquis ces manières courtoises qui ne sauraient être apprises parmi nos rudes chevaliers de Somerset.

Ce discours était adressé à son fils qui, répondant brusquement aux cordiales salutations de sir Reginald, descendit de cheval, se posta à côté d'Eustache et fixa ses grands yeux gris sur Gaston, dont la haute stature, le teint basané et la physionomie animée semblaient lui fournir un inépuisable sujet d'étude. L'écuyer fut présenté à sir Philippe, en reçut un compliment poli et y répondit par une inclination ; puis, se tourna vers le jeune homme avec la courtoisie empressée d'un bon cœur désireux de mettre un étranger à l'aise :

— Nous discutions sur les divers mérites de l'acier damassé et des cottes de mailles. Quelle est votre opinion là-dessus ?

Un regard plus fixe, quelques paroles inarticulées, puis maître Léonard se détourna et cacha presque sa tête dans la crinière de son cheval, tandis que sir Philippe s'efforçait de faire oublier l'incivilité de son fils, en énonçant toute une série d'opinions. Gaston l'écouta avec toute la déférence d'un écuyer, mais par son coup d'œil accompagné d'un léger mouvement d'épaules, il fit très-bien comprendre à Eustache que le vieux gentilhomme n'y entendait rien.

Sir Philippe alla ensuite rendre ses devoirs à la châtelaine de Lynwood, et, à midi, tous s'assirent à table, les écuyers servant la dame et les chevaliers, avant de prendre eux-mêmes part au repas. L'influence du dîner délia enfin la langue de Léonard Ashton, quand il se trouva assis près d'Eustache, sa vieille connaissance, et loin de ceux dont la présence déconcertait sa gauche timidité.

— Ainsi votre frère a enfin consenti à ce que vous portiez l'épée? Comment trouvez-vous le métier? cela vaut mieux, n'est-ce pas, que de se. dessécher sur de vieux parchemins. Mais devinez-vous pourquoi nous sommes ici aujourd'hui? Mon père dit que je dois prendre du service près de quelque honorable chevalier, pour voir un peu le monde. Il a pensé longtemps à lord Clarenham, à cause du crédit dont il jouit dans le comté ; mais il s'est enfin décidé pour votre frère, parce qu'il pourra m'être utile auprès du prince.

— Vous nous accompagnerez donc à Bordeaux ? demanda Eustache avec empressement.

— Oui, en vérité.

— C'est une bien joyeuse nouvelle ! répondit Eustache ! Les vieux amis doivent être frères d'armes.

— Mais, Eustache, dit le jeune Ashton, baissant la voix et d'un ton tout confidentiel, je n'aime pas cet écuyer d'outre-mer, si grand et si noir. On dit qu'il est maure.... un adorateur de Mahomet !

Eustache rit de tout cœur de ce conte en l'air, et assura son ami que, quoiqu'il eût souvent entendu son frère donner en plaisanterie à d'Aubricour le nom de guerre de Gaston-le-Maure, c'était un galant gentilhomme gascon. Mais Léonard n'était pas encore satisfait.

— Est-ce qu'un homme né en pays chrétien a jamais eu des yeux si étincelants et des dents si blanches? n'est-il pas horriblement féroce et dur?

— Il n'y a jamais eu d'homme de meilleur cœur ni d'une humeur plus gaie.

— Vous croyez donc qu'il ne sera pas sévère avec nous? Plus droit sur votre selle! lance plus basse! tête plus haute! voilà ce qui résonne à mes oreilles du matin au soir, et ce qui est souvent renforcé par un bon coup sur les épaules. N'en est-il pas ainsi avec vous?

— Oh! le vieux Penrose a épargné cette peine à tous ses successeurs. Gaston est le plus doux des précepteurs en comparaison de lui!

— Je l'espère! dit Léonard en soupirant, mes os me font mal du martyre que je subis à la maison de la part de mon père. Eh! Eustache, répondez-moi à ceci...

— Chut! ne voyez-vous pas que le père Cyrille est au moment de dire le *Benedicite*. Bien! Il faut que j'aille servir la coupe du Benedicite à votre père, mais je serai de retour à l'instant.

Léonard s'accouda sur la table, disant entre ses dents :

— Si ce sont là les manières courtoises que mon père veut que j'apprenne, elles coûtent beaucoup trop de peine.

Le repas fini, Eustache conduisit Léonard dans la cour pour visiter les chevaux et inspecter les nouvelles armures. Ils y furent rejoints par Gaston, qui prit sur lui de répondre à la question à laquelle Léonard demandait une solution : savoir ce qu'ils allaient faire en Castille, en lui persuadant qu'ils allaient y combattre Enrique de Trastamare, un géant de vingt pieds de haut, monté sur un griffon d'une hauteur proportionnée à sa taille, chef d'une bande de soldats dont les têtes croissaient sous le bras.

En même temps, sir Philippe Ashton, avec mille compliments flatteurs, entrait en matière sur le but de sa visite, lequel était de prier sir Reginald de prendre Léonard à son service, en qualité d'écuyer. Le chevalier de Lynwood, peu désireux de cette addition à sa suite, ne pouvait cependant refuser, à cause de l'alliance qui subsistait depuis longtemps entre les deux maisons; mais il fit connaître son intention de quitter la cour du prince, aussitôt que l'expédition d'Espagne serait terminée.

— Cela n'est guère probable, répondit doucement sir Philippe; on ne permet pas facilement à des chevaliers tels que sir Reginald Lynwood de se cacher dans l'obscurité. Le prince de Galles sait trop bien apprécier son premier conseiller.

— En vérité, sir Philippe, reprit sir Reginald en riant, le nom est trop beau pour un rude soldat qui n'a jamais été appelé au conseil, excepté quand il s'agissait de tracer le plan d'une bataille. Il faudrait un esprit plus délié que le mien, et plus fin même, je crois, qu'aucun de ceux que nous avons à Bordeaux, pour deviner et déjouer les trames de Charles de France. Non, à moins que la bannière royale soit encore déployée dans les camps, vous pouvez vous attendre à me voir de retour, avant qu'une année se soit écoulée.

— Pour le bien de mon fils, j'espère qu'il en sera autrement. Mais n'importe, sa réputation sera faite en débutant sous un chef tel que vous. L'exemple et l'amitié de votre frère lui seront aussi d'une immense utilité; enfin, votre premier écuyer, si versé dans les us et coutumes de la chevalerie, est plus propre que personne à façonner un lourdeau de Somerset pour la cour française du prince.

— Quant à cela, interrompit sir Reginald qui avait rarement la patience d'écouter jusqu'au bout les longues harangues de son voisin, il est juste de vous dire, que quoique Gaston ait le meilleur caractère du monde et tout l'honneur d'un chevalier, sa vie n'a pas été des plus exemplaires. Je me le suis attaché, il y a à peu près deux ans, lorsque mon brave vieux Humphrey Harwood fut tué à Auray, et que je ne savais où prendre un écuyer. A part quelques tours turbulents, j'ai toujours été très-content de lui, et je m'étonne souvent qu'il puisse supporter la rigidité de ma maison. Il obéit à mes ordres, se fait aimer de mes hommes et je lui confie volontiers Eustache, parce que ce garçon est d'un naturel sérieux et grave et toujours sous mes yeux. Mais c'est à vous de voir s'il conviendra à votre fils?

— Est-il d'une naissance honorable? demanda sir Philippe.

— Il porte des armoiries, répliqua Reginald, son écusson est de gueules avec un loup passant. J'ai entendu d'étranges contes sur son père Béranger d'Aubricour, le loup noir des Pyrénées, comme on l'appelait, un des voleurs de la noble race des frontières de Navarre; mais j'ai peu de temps pour écouter de tels récits, et d'ailleurs, ils s'effacent de ma mémoire. Si un homme se montre bon chrétien et fidèle à son devoir, je me soucie peu de savoir d'où il vient et quels ont été ses ancêtres. Je ne prends pas garde à des rapports inutiles, sinon malveillants. Mais je crois devoir vous prévenir, que je ne réponds pas de tous les compagnons que votre fils trouvera à ma suite.

— Mille remercîments, noble sir Reginald; sous une protection telle que la vôtre, il ne saurait manquer de faire son
chemin, et je suis sûr de son bien-être, tant qu'il vous sera
confié. Encore un mot, je vous prie. L'avancement de mon
pauvre garçon dépendra de vous ; une parole en sa faveur au
prince, une allusion à la suite dont je pourrai entourer son
pennon.

— Sir Philippe, dit Reginald, vous évaluez trop haut mon
influence, et trop bas le jugement du prince, si vous sup-
posez qu'autre chose que le mérite personnel ait du prix à
ses yeux. Votre fils aura toute la faculté possible d'attirer l'attention de notre souverain, mais elle dépendra entièrement de
sa conduite, qu'elle soit favorable ou non. Si vous désirez quelque chose de plus, il faut le chercher ailleurs.

Sir Philippe protesta qu'il ne pouvait pas espérer davantage,
et, après avoir de nouveau remercié le chevalier, il prit congé
de lui, promettant que Léonard serait à Lynwood-Castel, le
lundi suivant, jour fixé pour le départ de sir Reginald.

CHAPITRE III.

Le départ.

Le jour du départ arriva. Les hommes d'armes en grande
tenue étaient rangés dans la cour comme autant de statues
d'acier; Léonard Ashton à cheval tenait ses yeux fixés sur la
porte; Gaston d'Aubricour, enveloppé dans son gai manteau,
caressait Brigliador son coursier arabe, lui disant qu'ils allaient
échanger les froids brouillards d'Angleterre contre le brillant
soleil de la Gascogne; Ralphe Penrose tenait le cheval de son
maître; celui d'Eustache attendait avec impatience son jeune
cavalier, mais les deux frères tardaient encore.

— Mon Eléonore, tes larmes ne doivent pas couler ainsi,
dit Reginald à sa femme qui le tenait étroitement embrassé,

aie bon courage, notre séparation ne sera pas de longue durée ;
tiens, ne te fie pas à ton cousin Foulques.... elle ne sait ce que
je dis. Père Cyrille, veillez sur elle, et sur mon enfant en cas
qu'il ne m'arrive quelque malheur.

— Assurément, oui, mon fils, répondit le chapelain, mais
hélas ! la protection d'un pauvre prêtre comme moi ne sert
pas à grand'chose. Je voudrais que la concession faite aux
Clarenham fût révoquée....

— Ce serait facile, dit Reginald, mais un vassal dévoué ne
saurait se plaindre de ses propres griefs au moment où son suzerain l'appelle aux armes. Ce serait faire payer ses services.
Non, non ! veillez sur elle, mon bon père ; elle est confiante et
faible. Regarde-moi, mon amour ! fais-moi un souhait de bonheur pour me réjouir sur la route. Non ! elle est évanouie....
Eléonore ! ma femme !

— Partez, partez, mon fils, dit le père Cyrille, cela vaudra
mieux pour elle.

— Cela peut être, répondit Reginald, mais il m'est dur de la
quitter ainsi. Mistress Cicely, prenez-la et soignez-la bien.
Faites-lui mes plus tendres adieux. Arthur, sois-lui soumis,
parle-lui de mon retour. Adieu, mon garçon, la bénédiction du
ciel soit sur toi. Eustache, à cheval.

Sir Reginald en jetant un profond soupir s'élança sur son
dextrier ; Eustache hésita encore un moment.

— Bon père, cette commission devait être faite par Eléonore :
c'est un souvenir, vous savez pour qui.

— Et il lui sera remis, mon fils.

— Vous m'écrirez dès que vous le pourrez.

— Vous pouvez y compter, et je vous engage à lire et à
écrire, surtout en latin, quand vous en trouverez l'occasion, les
dons de Dieu ne doivent pas être enfouis. Rappelez-vous aussi
que les mauvais exemples des hommes grossiers que vous rencontrerez ne vous excuseront pas devant Dieu, si vous avez le
malheur de l'offenser.

— Eustache ! cria Reginald.

Et, après un mot d'adieu dit à la hâte à ceux qui l'entouraient,
le jeune écuyer sauta à cheval, puis toute la troupe franchit le
pont-levis et fit halte sur la chaussée extérieure. Sir Reginald
secoua son pennon jusqu'à ce que les longues queues d'aronde
flottassent au vent ; le plaçant alors entre les mains d'Eustache,
il s'écria : « En avant, Lances de Lynwood ! au nom de Dieu,

de saint George et du roi Edouard, faites votre devoir! » Et il
éperonna son cheval, comme s'il désirait perdre de vue les tourelles de Lynwood, et chasser le sentiment qui oppressait son
cœur et voilait son regard.

Après quelques jours de marche, la petite compagnie arriva
à Southampton, où Jean de Gaunt rassemblait les troupes. Ils
s'embarquèrent tous ensemble, passèrent le détroit, et de là se
dirigèrent vers Bordeaux ; mais ils n'y trouvèrent pas le prince
de Galles qui s'était déjà mis en route et attendait son frère à
Dax.

En partant sans délai, il ne leur fallut que trois jours pour
arriver en vue de l'armée campée autour de cette ville. Alors,
un spectacle grandiose se présenta à leurs regards : la verdoyante plaine, couverte en tous sens de tentes blanches sur-
montées des bannières et des pennons de leurs seigneurs ; la
grande croix rouge de Saint-George, flottant majestueusement
au centre, et à côté d'elle, les lions et les castels des deux mo-
narchies espagnoles. Au midi, les pics des Pyrénées, toujours
couverts de neige, se dessinaient sur le ciel comme des nuages
aux mille nuances, et la ligne grise de l'Océan fermait l'horizon
à l'ouest. Eustache arrêta son cheval et contempla en silence ce
magnifique panorama, tandis que Gaston lui dessinait du doigt
les différentes armoiries et devises, qui parlaient pour le moins
tout aussi clairement, aux preux de ce temps-là, que des
paroles écrites.

— Voyez là-bas la tente de mon compatriote, le Captal de
Buch ; il l'a plantée, selon son habitude, à côté de celle du
prince. Il veut, sans doute, effacer la mémoire de sa captivité
à Auray. Là, à gauche, est le pennon chargé de pales, gueules
et argent, du vaillant anglais Chandos. Ah! je vois que les vieux
Compagnons libres (ou Malandrins) sont ici avec sir Hugh Calverly! Comment! hier encore ils se mettaient en route pour
élever sur le trône ce même don Enrique qu'ils veulent ren-
verser aujourd'hui.

Gaston achevait de parler, lorsqu'une troupe de cavaliers s'a-
vança rapidement ; aussitôt, sur un signal donné par Reginald,
les Lances de Lynwood firent halte et se rangèrent respectueusement de côté. Celui qui était à la tête des nouveaux venus tira la
bride de son cheval ; c'était un homme d'environ trente-six ans,
et que l'extrême délicatesse de son teint faisait paraître encore
plus jeune. La parfaite régularité de ses nobles traits et l'ex-

pression tout à la fois imposante et douce de ses grands yeux
bleus, auraient suffi, sans la plume d'autruche et le bonnet de
velours noir qu'il portait, à faire reconnaître en lui la fleur de
la chevalerie, Edouard, prince de Galles.

— Soyez le bienvenu, mon fidèle Reginald, s'écria-t-il ; je
savais que les Lances de Lynwood ne seraient pas absentes,
là où il y a de l'honneur à acquérir. Mon frère John est-il
arrivé ?

— Oui, monseigneur, répliqua Réginald, je le quitte à l'instant ; il a pris le chemin du château, tandis que je cherche où
camper mes varlets.

— Je vous connais depuis longtemps pour un homme prudent, reprit le prince en souriant, le grand prévôt n'a jamais
rien eu à démêler avec votre galante petite bande. Il me semble
voir près de vous une figure blonde, qui ressemble assez à la
vôtre pour appartenir à un autre loyal Lynwood.

— Je voudrais, monseigneur, qu'elle fût un peu plus brune
et plus mâle ; c'est mon frère Eustache qu'à ma grande honte,
j'ai laissé demeurer à la maison, comme page de ma dame, jusqu'à ce que son teint soit devenu aussi brun que celui de ma
dame elle-même.

— Le soleil de Castille nous fournira bientôt un remède
à ce mal, dit Edouard. Vous êtes bien pourvu d'écuyers. Les
sires de Somerset savent où trouver, pour leurs fils, une bonne
école d'honneur et de courtoisie.

— Je vous présente, monseigneur, le fils de sir Philippe
Ashton, un loyal chevalier de notre comté.

— Il est le bienvenu, répondit le prince, nous avons de l'ouvrage pour tous. Promettez-moi que je vous verrai ce soir à
souper dans ma tente.

— Eh bien ! Eustache, qu'en dites-vous ? demanda Gaston
comme le prince s'éloignait.

— C'est un prince à en rêver, un prince pour qui on don-
nerait mille vies ! répondit Eustache.

— Et c'est là le prince de Galles ! s'écria Léonard ; mais il a
parlé tout comme un autre homme !

Lorsque les deux tentes des hommes d'armes de Lynwood
furent dressées et tous les arrangements faits, le chevalier et
ses écuyers se dirigèrent vers le pavillon du prince ; les portières
et les rideaux blancs le faisaient reconnaître entre tous. A l'intérieur, il était entièrement tapissé de soie sur laquelle étaient

brodées les diverses devises du prince. Les lions d'Angleterre, les lis de France, la plume d'autruche de Bohême avec son humble légende, la rose blanche qui n'était point devenue encore un emblème de discorde, la jarretière bleue et la croix rouge, tous ces dessins fastueusement combinés composaient un fond propre à faire ressortir davantage les groupes de chevaliers qui occupaient la tente. Au haut bout, était placée une table destinée au prince et à ses convives ; sir Reginald y prit place au milieu des plus cordiales salutations de ses amis et compagnons d'armes, tandis que Gaston conduisit ses camarades au bas de la tente où les écuyers et les pages attendaient que les domestiques leur apportassent les mets qu'ils devaient eux-mêmes servir à leurs chevaliers.

Gaston eut bientôt entamé conversation avec ses anciennes connaissances, à la plupart desquelles il présenta Léonard et Eustache, mais celui-ci trouvait beaucoup plus d'intérêt à examiner les chefs qui étaient assis à la table. Le prince Noir occupait le centre, ayant à gauche son frère Jean, et à droite un personnage que la place d'honneur qu'il occupait, et son surtout blasonné, faisaient reconnaître pour le roi détrôné de Castille. Pedro-le-Cruel n'avait pas la physionomie repoussante que l'imagination serait disposée à lui donner. On retrouvait sur son visage le noble type des rois de la vieille race espagnole ; il avait une belle chevelure blonde et de grands yeux bleus ; sans son front déprimé et l'expression méchante de ses lèvres, c'eût été un bel homme de princière apparence ; mais il avait dans son air quelque chose de méfiant et de sombre, il semblait peu goûter la manière d'être mâle et ouverte d'Edouard, et se trouver plus à l'aise avec Jean, dont la nature moins élevée était plus au niveau de la sienne.

Eustache vit là aussi la forme robuste et les traits grossiers de sir John Chandos ; la physionomie rude, joviale et bienfaisante de sir Hugues Calverly, chef des grandes compagnies ; le jeune beau-fils du prince, lord Thomas Holland, et la figure renfrognée du chevalier breton, messire Olivier de Clisson, qui bientôt après devint l'ennemi le plus acharné du drapeau sous lequel il marchait en ce moment. Il y avait encore beaucoup d'autres guerriers dont la renommée avait charmé le jeune écuyer de Lynwood, aussi contemplait-il cette réunion avec tout l'ardent intérêt d'une personne qui, après une longue attente, voit se réaliser un rêve de bonheur.

— Eustache! comment ! Eustache en extase? dit d'Aubricour, secouez-vous et portez cette assiette de bœuf à votre frère. Il vaut mieux que vous le fassiez, ajouta-t-il tout bas, pour empêcher que notre camarade ne devienne la risée de tout le monde.

Le regard mécontent avec lequel Léonard suivait les mouvements de ses compagnons, n'échappa pas au personnage avec lequel d'Aubricour avait échangé quelques paroles. C'était un homme carrément bâti, son visage sombre et barbu était sillonné d'une affreuse balafre qui l'avait privé d'un œil; son équipement était celui d'un écuyer, mais au lieu de servir les chevaliers, il se tenait assis de côté sur le banc, un coude appuyé sur la table.

— Vous regardez cette assiette comme si vous désiriez avoir votre tour, dit-il dans un patois moitié anglais, moitié français, mais intelligible à Léonard, bien que celui-ci se montrât toujours rebelle à toutes les tentatives de Gaston pour lui faire apprendre la langue de la cour.

Cependant, un murmure inarticulé fut sa seule réponse.

— Où, continua son interlocuteur, désirez-vous la porter vous-même? Quant à moi, je trouve que nous ferions tout aussi bien de nous en épargner la peine.

— C'est vrai, répondit Léonard, mais j'imagine que j'ai autant de droit que ce damoiseau d'Eustache à servir à la table du prince. Mon père ne m'aurait jamais mis à la suite de sir Reginald, s'il avait pensé que je serais relégué ici avec les varlets.

— Sir Reginald? lequel sir Reginald a l'honneur de votre service? demanda l'écuyer, auquel le rude accent du Somerset paraissait présenter peu de difficulté.

— Sir Reginald Lynwood, celui qui a les cheveux châtains et bouclés, à côté de ce sévère vieillard à cheveux blancs.

— Je le connais d'ancienne date, celui avec lequel le duc de Lancastre trinque en ce moment, un fier et rigide anglais; son service est aussi austère qu'aucun autre dans ce camp.

— Je le crois, dit Léonard, debout avant le soleil, à la messe comme un chœur de novices, nettoyer nos armes et celles du chevalier comme autant de palefreniers, et s'il reste une seule tache de rouille ou qu'un ceinturon soit de travers d'un doigt...

— Oui, oui, j'ai été une fois quinze jours écuyer d'un chevalier de cette trempe, mais je vous promets que ces quinze

jours m'ont suffi ; et cependant, Gaston-le-Maure aime mieux
rester avec lui que de mener une joyeuse vie à la suite de sir
Perduccas d'Albret, où il y a tout à gagner et rien à perdre.
Son train de vie actuel est bien différent de celui que nous
avons mené jadis ensemble.

— Gaston d'Aubricour est aussi âpre que le chevalier lui-
même, répondit Léonard ; il me raille sans cesse, mais je pourrais tout supporter, si ce n'était la préférence qu'il accorde à
Eustache-le-Clerc, comme si je n'étais pas l'héritier de plus
d'arpents de terre qu'il ne pourra jamais compter d'écus.

— Quel est donc votre nom et votre héritage, noble jeune
homme ? demanda l'écuyer borgne, car votre écusson est nouveau dans le camp.

— Mon nom est Léonard Ashton, mon père... Un écuyer
qui trébucha contre le pied étendu de Léonard, interrompit son
discours. Les deux partis éclatèrent en bruyantes invectives,
Léonard soutenu par sa nouvelle connaissance ; les hommes
d'armes commençaient à s'en mêler et de sérieuses conséquences
auraient pu s'en suivre, si Gaston ne se fût hâté d'intervenir.

— Honte à vous, jeune mal-appris ! dit-il à l'élève dont le
début promettait tant ; ne puis-je cesser un instant de vous
surveiller, sans que vous clabaudiez, même en présence du
prince ? Tenez, portez de suite ce pain à sir Reginald, et laissez-
moi faire la paix pour vous.

— Maître Clifford, ajouta-t-il comme Léonard s'en allait,
c'est un rustaud de campagnard que sir Reginald a entrepris de
façonner ; si on le traitait comme il le mérite pour chaque
échantillon de discourtoisie, sa vie n'y suffirait pas ; ainsi, je
vous prie d'accepter mes excuses.

— Très-volontiers, maître d'Aubricour, répliqua Clifford ; il
n'y aurait pas eu l'ombre d'une offense, si le garçon avait su
modérer sa langue.

— N'est-il pas le fils d'un de nos opulents Anglais ? demanda l'écuyer borgne d'un air insouciant.

— Ah ! qu'est-ce qui vous le ferait croire ? dit Gaston, en se
retournant avec vivacité ; est-ce parce qu'il montre tant de
bonne éducation ?

— Parce que c'est sans doute à force de dévorer les bœufs
gras de son père qu'il s'est alourdi le cerveau ; du reste, cette
chère semble vous convenir, mon Maure, dit le borgne ; pourtant jadis vous ne préféreriez pas les bœufs et la discipline

d'outre-mer, au vin et à la liberté de la Gascogne. Je commence à croire que le louveteau du Loup-Noir des Pyrénées transforme son naturel en celui d'un apprivoisé d'Angleterre.

— Il a des dents et des griffes à votre service, répondit Gaston.

— En vérité? repartit l'écuyer; mais changeant aussitôt de ton : Dites-moi franchement, Gaston, ne vous repentez-vous point de n'avoir pas pris du service auprès du galant sir Perduccas Albret.

— Comment! vous l'avez quitté vous-même!

— Oui, parce que nous avons eu quelques paroles chaudes, à cause du butin fait dans un village navarrois. Mon maître actuel, sir Guillaume Felton, est aussi joyeux et facile que d'Albret ou Aymerigot Marcel lui-même. Et ce maladroit Anglais, n'est-il pas l'espoir de quelque riche maison?

— Il faut que je veille à ce que cet espoir ne fasse pas de culbute, dit Gaston en s'éloignant. Peste! deux garçons à façonner, c'est plus que je n'ai promis; et par-dessus le marché, il faut que j'empêche ce Salomon de se ruiner ou d'être ruiné par le Borgne-Basque! Pourquoi ce drôle est-il ici! Je le croyais en Castille avec les grandes compagnies. Je laisserais volontiers le jeune imbécile suivre son sens, comme un têtu qu'il est, mais ce ne serait pas rendre un bon service à sir Reginald.

Les chevaliers avaient presque fini de souper, et les écuyers leur ayant servi du vin, s'assirent à leur table, couverte de nouvelles viandes découpées par les hommes d'armes. Gaston ne perdit pas Léonard de vue, jusqu'à ce que la compagnie se séparât.

En retournant à leur tente, il commença à lui faire la leçon.

— Voilà un joli commencement! avez-vous pris le pavillon du prince pour une des hôtelleries de votre île où on peut criailler et faire usage de ses poings sans autre inconvénient que l'intervention du prévôt de la paroisse.

— Pourquoi m'a-t-il marché sur le pied? grommela Léonard.

— Et pourquoi teniez-vous votre pied sur son chemin; votre devoir n'était-il pas, comme je vous l'avais dit, de vous tenir debout, prêt à me donner ce que je pouvais vous demander?

— Je disais quelques mots à un écuyer.

— Moins de paroles vous direz au Borgue-Basque, et mieux ce sera, à moins que vous ne pensiez faire grand plaisir à sir Reginald en devenant le mieux instruit du camp en ce qui regarde le jeu et la boisson, et que vous n'ayez envie

d'entendre sonner, dans les poches du Borgne, tous les écus
dont votre père a garni votre bourse. Il est heureux pour vous
que le chevalier ne vous ait pas vu.

— Vous avez eu vous-même un assez long pourparler avec
cet écuyer, répondit l'élève réfractaire.

— Sachez bien, maître Ashton, que je ne prétends pas m'offrir
à vous comme modèle, sauf peut-être pour diriger un coursier
ou présenter une coupe de vin. Je n'ai pas de bourse à perdre, et
si j'en avais une, j'ai assez d'esprit pour la garder, ou du moins,
ajouta-t-il, comme si un souvenir se présentait à sa mémoire, si
je la perdais, ce serait pour mon plaisir et non pour celui du
Borgne-Basque. D'ailleurs, mon nom et ma renommée sont faits,
et les vôtres.....

— Que direz-vous des miens? interrompit Léonard d'un
ton de boudeuse colère; l'héritier des Ashton ne saurait être
mis en parallèle avec un étranger vagabond et sans apanage.

— Ce n'est pas en vue de ces pics de montagnes, répondit
Gaston avec mépris, que je m'entendrai appeler un étranger;
quant à être sans apanage, s'il me convenait d'établir ma demeure dans la vieille tour d'Aubricour, et de me nommer le seigneur de toute la colline, je voudrais savoir qui me contredirait.
Quant au nom, je soupçonne que vous rencontrerez plus d'un
homme qui a tremblé à celui de Béranger d'Aubricour, en comparaison duquel Ashton ne serait que celui d'un manant anglais.
De plus, il vous faut apprendre que dans ce camp, la question
n'est pas de savoir qui a les plus vastes terres, mais bien qui
a le bras le mieux exercé. Sire écuyer, s'il n'est pas au-
dessous de vous d'écouter un avis amical, croyez que la manie
de vous vanter de vos domaines, est le plus sûr moyen d'attirer
des spoliateurs. Je serais mille fois plus tranquille pour Eustache que pour vous, avec un compagnon tel que le Basque,
non-seulement parce qu'il a plus de jugement, mais parce qu'il
a moins d'argent.

— Qui est cet homme et quel est son nom? demanda Eustache.

— Le Borgne-Basque, je n'en connais pas d'autre, répondit
Gaston. Nous nous soucions peu des noms ici, surtout quand
il est plus à propos de les faire oublier. C'est un Malandrin
libre, un routier, brave à la vérité, mais plus prompt à saccager
et à dévaster qu'à donner l'assaut, et aimant encore mieux
piller et tondre des brebis telles que Léonard.

— Comment cet homme peut-il avoir l'entrée du pavillon du
prince?

— Les cœurs hardis et les bons bras trouvent entrée presque partout ; mais, comme vous l'avez vu, il n'ose pas se présenter à la table d'honneur.

Le lendemain matin, l'armée se mit en marche vers les Pyrénées. Elle s'arrêta quelques jours au pied des monts, tandis que le prince Noir négociait avec Charles-le-Mauvais, roi de Navarre, qui aurait pu l'empêcher d'entrer dans la péninsule, en lui coupant le passage à travers ses places fortes des montagnes.

Une fois la permission donnée, ils s'avancèrent au sein de mille difficultés et dangers. Les sentiers escarpés étaient couverts de neige et de glace, ce qui les rendait doublement périlleux pour les chevaux. Sir Reginald déclara qu'il n'aurait pas pu les faire franchir à ses troupes, sans la connaissance qu'avait Gaston de ses montagnes natales.

Ils débouchèrent à travers le célèbre pas de Roncevaux, où Eustache croyait encore entendre les échos du cor de Rolland. La soirée suivante lui fournit la jouissance de lire l'histoire de ce fameux guerrier, dans les pages originales de l'archevêque Turpin ; il trouva cet inestimable ouvrage entre les mains de frère Valérien, moine que messire Froissart avait envoyé avec l'armée pour prendre note des événements de la campagne. Cette nouvelle connaissance satisfit peu sir Reginald, qui était tenté de désespérer du courage et de la virilité de son jeune frère, en le voyant retourner à ses livres; aussi manifesta-t-il à cette occasion un mécontentement, sinon aussi sérieux, du moins une contrariété plus vive, qu'en apprenant peu après que Léonard passait tous ses moments de loisir dans la compagnie du Borgne-Basque. Cet intrigant s'arrangeait de manière à se rencontrer partout avec Ashton ; il n'eut pas de peine à lui persuader que les précautions de Gaston venaient seulement de la crainte que certaines histoires, qui n'étaient pas trop à son avantage, ne vinssent à la connaissance de son élève; à force d'habiles flatteries sur le respect dû à la position sociale du jeune Anglais, et en se joignant à ses plaintes sur la rigidité de la discipline de sir Reginald, le rusé écuyer parvint à prendre un grand ascendant sur sa dupe.

Tel était l'état des choses pour nos deux jeunes débutants, au moment où les troupes commencèrent à entrer sur les domaines du roi de Castille. Le manque de provisions se fit vivement sentir, car la haine des populations était si grande pour

Pedro-le-Cruel, qu'à son approche, les campagnards prenaient la fuite, emportant ou détruisant tout ce qui pouvait servir de nourriture. Bertrand du Guesclin, l'allié dévoué d'Enrique de Trastamare, voulait rester tranquillement dans son camp de Navaretta et laisser à la famine le soin de décimer l'armée ennemie ; mais ce plan si sage fut abandonné par suite de la folie de don Tello, frère d'Enrique qui, accusant du Guesclin de poltronnerie, le piqua tellement, que le vaillant Breton résolut de livrer bataille à l'instant, bien qu'il sût combien peu il pouvait compter sur ses alliés d'Espagne.

Le défi du prince de Galles fut donc accepté, et cette nouvelle, reçue aux acclamations de l'armée à demi-affamée, sur les rives de l'Ebre, au même endroit où, quelques siècles plus tard, la valeur anglaise devait mettre en fuite un autre prétendant à la couronne d'Espagne.

CHAPITRE IV.

En Castille.

La lune était dans son plein et éclairait de ses rayons le pavillon entr'ouvert de sir Reginald Lynwood ; à l'extrémité et tout à fait dans les ténèbres, le chevalier, son rosaire à la main, était agenouillé devant son confesseur, cherchant la vraie force là où seulement elle se trouve, dans l'accomplissement d'un devoir religieux qui, en resserrant l'union entre l'ame et son Dieu, lui rend toute son énergie pour le moment du péril. Tout auprès, Léonard Ashton, étendu sur une couche de peaux de cerfs, était plongé dans un profond sommeil. Devant le rideau relevé qui servait de portière, Gaston d'Aubricour, un genou en terre, près d'une énorme torche de sapin fixée dans le sol, examinait, à la faveur de sa lumière flamboyante, l'état de l'armure de son seigneur, et, muni d'un petit marteau, il s'assurait de la solidité de chaque jointure. Non loin de lui, Eustache, aidé par John Ingram, le

géant de l'armée, attachait son précieux dépôt, le pennon de
Lynwood, à une énorme lance du plus dur bois de frêne et jetait
de fréquents regards sur les tentes si blanches, que la pâle et
tranquille lumière de la lune illuminait en ce moment. Il y avait
dans cette scène quelque chose qui devait faire une impression
profonde sur un esprit comme le sien : la clarté mystique de la
lune, les brillantes étoiles, le firmament, dont la sérénité et la
pureté toutes méridionales paraissaient doublement belles à ses
yeux peu accoutumés à un si doux éclat... Le bruit continuel
quoique comprimé du camp, le murmure de la rivière, et bien
loin, à travers les ombres de la nuit, le scintillement d'une
multitude de lumières, indiquant le campement de l'ennemi ;
tout ce calme précurseur d'un terrible combat lui faisait éprouver
une impression d'horreur étrange, mais calme. Il parlait à voix
basse, et le ton gai et insouciant de Gaston frappait son oreille
comme quelque chose de discordant ; mais son regard était
serein, son pas ferme et assuré ; il comprenait que le jour qui
allait luire, devait dissiper tous les doutes sur son courage.

La première lueur rougeâtre de l'aurore paraissait à l'orient,
lorsqu'au son d'un cor de chasse parti du pavillon du prince,
répondirent à l'instant des centaines de trompettes ; c'était le
réveil : à l'instant, l'armée fut sur pied, et l'espace libre devant
chaque tente se remplit d'hommes occupés à revêtir leurs armures ou à seller leurs chevaux.

Eustache et Gaston, depuis longtemps debout et tout équipés,
aidèrent sir Reginald à s'armer. Léonard se leva et commença à
agrafer son armure. Les hommes d'armes sortirent de leurs
tentes et préparèrent leurs chevaux.

— Et maintenant, s'écria le chevalier, apporte nos derniers
pains, John Ingram, n'en réserve aucun. A la fin du jour, nous
en aurons en abondance, ou nous n'en aurons plus besoin.

Le dur pain d'orge fut distribué en minces, mais égales
portions, et à peine était-il dévoré, qu'un second coup de cor
retentit à travers le camp, fit baisser la visière à chaque guerrier
revêtu de mailles de fer, et tous montèrent à cheval. Au troisième coup, l'armée s'avança dans la vaste plaine, où, d'après
les ordres précédemment reçus, ils se partagèrent en deux divisions : la première commandée par le duc de Lancastre et sir
John Chandos, la seconde par le prince de Galles et don Pedro.

Après une pause, employée à ranger les différents corps,
l'armée s'avança d'un pas égal ; le soleil levant se reflétait

sur les armures, éclairait la multitude de panaches ondoyants, et faisait distinguer d'innombrables banderolles flottantes, attachées aux lances comme autant de brillantes flammes. Aussitôt un mur d'acier étincelant s'avança à leur rencontre dans le même appareil. Quand les deux armées s'arrêtèrent en face l'une de l'autre, on aurait plutôt cru qu'il s'agissait de quelque splendide tournoi, que d'une sanglante lutte pour le gain d'un royaume, et le vieux chroniqueur Froissart a pu vraiment dire : « Que c'était plaisir à voir de telles légions. »

Mais il serait présomptueux de tenter d'embellir une scène que Froissart a décrite ; à lui donc je laisse le soin de raconter comment le rang de baronnet fut conféré au preux Chandos déjà vieux ; comment le prince Edouard pria tout haut pour attirer la bénédiction de Dieu sur ses armes ; comment il donna le signal de l'attaque, et comment le fanfaron Tello s'enfuit au premier choc. Les Lances de Lynwood, dans la division du duc de Lancastre, firent bien et vaillamment leur devoir dans la lutte désespérée contre les troupes françaises, qui résistèrent jusqu'à ce que le prince Noir amenât son corps de réserve au secours de son frère. Les Lances de Lynwood n'avaient perdu qu'un seul homme d'armes et avaient fait plusieurs prisonniers ; il était midi, et le champ de bataille n'offrait plus d'ennemis à vaincre, lorsque sir Reginald, arrêtant son cheval sur le sommet d'un monticule élevé, couvert de broussailles et descendant en pente vers la Zadorra, leva sa visière, essuya la sueur de son front, et caressant le cou du vaillant animal qui le portait, dit à son frère :

— Vous avez eu une rude besogne pour votre premier jour de combat, Eustache.

— Oh ! cela a été une glorieuse journée, répondit le jeune homme. Voyez comme ils se hâtent vers le ruisseau. Et il montra du doigt, par-dessus les petits arbrisseaux, un endroit plat au bord de l'eau, où se pressaient plusieurs fugitifs à pied et à cheval.

— Ah ! s'écria Reginald, le cercle d'or ! Henri de Trastamare lui-même !

Et au même instant, il sauta à terre.

— Vous, dit-il, tournez autour des broussailles, et rejoignez-moi au gué vers lequel ils fuient.

Ces paroles étaient adressées à Gaston, et avant que les dernières fussent articulées, sir Reginald et Eustache descendaient rapidement la pente. Gaston se leva de toute sa hauteur sur ses étriers, et regardant par-dessus les arbustes, s'écria :

— L'écu à l'aigle ! il faut que j'y sois. En avant, Ashton !
Ingram, par ce chemin ! vite, vite, vite !

Et, disant ces paroles, il se jeta à terre, et s'élança après les
deux frères qui se précipitaient vers le ruisseau, brisant les
broussailles sur leur passage.

En moins d'une minute, ils se trouvèrent sur le terrain plat,
et sir Reginald courut en avant pour intercepter le passage à
don Enrique, qui avait presque gagné la rivière.

— Rendez-vous, rendez-vous, sire roi, s'écria-t-il ; mais au
même moment, un autre chevalier à pied se jeta entre eux, et
levant une énorme hache d'armes, il cria : « Fuyez, sire, laissez-
moi vider la querelle avec lui. »

Enrique tourna bride, entra dans la Zadorra, et atteignit
l'autre bord en faisant nager son cheval, tandis que son champion était engagé dans une lutte désespérée.

Le chevalier de Lynwood reçut le premier coup sur son
bouclier et le rendit, mais sans produire le moindre effet sur
son antagoniste, de petite stature et grossièrement mis, qui
paraissait être doué d'une force prodigieuse. Quelques instants
de plus, et sir Reginald était étendu sur le gazon, tandis que son
ennemi se tournait vers Eustache pour s'emparer du pennon
qu'il portait. Les deux écuyers, la dague à la main, se mirent
devant leur maître tombé, mais il ne fallut qu'un second de ces
coups foudroyants pour étendre Gaston à côté de sir Reginald,
et Eustache resta seul pour soutenir le combat ; encore quelques
instants, et les Lances de Lynwood allaient le rejoindre ; mais
comment lutter jusqu'alors ? le premier coup fendit son bouclier
en deux, et quoiqu'il ne traversât pas son armure, le choc le fit
fléchir, et il serait tombé, s'il n'eût eu pour se soutenir la lance
à laquelle était attaché son pennon. Il continua cependant à se
défendre, se servant tantôt du pied de cette lance, tantôt de la
dague, pour parer les coups de son adversaire ; mais le combat
était trop inégal, et, épuisé par la violence de ses efforts, étourdi
par un coup auquel la bonne trempe de son casque avait eu
peine à résister, il sentait que la lutte allait finir pour lui dans
quelques instants, lorsque ses forces défaillantes furent rani-
mées par le cri : « Saint-Georges ! » qui retentit à ses côtés ;
son antagoniste ralentit son attaque. Eustache se redressa, et
fut presque emporté par la foule de guerriers de tout rang,
dont les armes étaient tournées vers son adversaire ; une épée
allait s'abattre sur la tête de son ennemi, si Eustache ne l'eût

fait voler en éclats, en s'écriant : « Honte ! » et saisissant le bras du chevalier menacé, il lui cria :

— Rendez-vous ! c'est votre seul espoir !

— Me rendre ? et à toi ? répondit le chevalier. Cependant votre intention est bonne. L'épée d'Arthur lui-même ne pourrait m'être d'aucun secours. Tiphaïne avait raison : c'est un jour néfaste. Vous êtes de naissance noble ? Je me rends donc à vous à merci, d'autant plus volontiers, que je vois que vous êtes un brave. Vous autres, retirez-vous, je suis prisonnier. Votre nom, vaillant jeune homme ?

— Eustache Lynwood, le frère de ce chevalier, répondit Eustache, haletant et levant sa visière.

— Vous n'avez besoin que de quelques années de plus pour donner du nerf à votre bras. Mais, reposez-vous, vous êtes presqu'épuisé, dit le prisonnier d'un ton de bienveillante protection, comme il s'aperçut que la figure de son jeune vainqueur passait d'un rouge cramoisi à une pâleur mortelle.

— Mon frère ! mon frère ! fut la seule réponse d'Eustache.

Il se jeta à terre à côté de Gaston ; celui-ci, perdant son sang à grands flots, avait néanmoins soulevé la tête de son seigneur et l'avait débarrassé de son casque ; mais sir Reginald avait toujours les yeux fermés, et sa blessure était affreuse ; telle avait été la force du coup, que l'épaule était presque séparée de la clavicule.

— Reginald ! ô mon frère ! regarde-moi ! cria Eustache. Gaston vit-il encore ?

— J'ai déjà croisé mon épée avec la sienne, dit le prisonnier, et je regrette sincèrement ce malheur.

Puis, comme les soldats se pressaient autour de leur chef, il les éloigna d'un geste plein d'autorité, auquel ils obéirent instinctivement.

— Arrière, rustres ! donnez-lui de l'air. Tiens, un de vous... apportez de l'eau de la rivière. Voilà ! il donne quelques signes de vie.

Comme il parlait, on entendit le pas d'une troupe à cheval ; tous se rangèrent de côté, et une bande d'Espagnols passa le long de la rivière, ayant à leur tête don Pedro lui-même, dont l'épée dégouttait de sang de la pointe à la poignée ; la figure du monstre respirait toute la férocité d'un tigre.

— Où est-il ? où est le traître Enrique ? criait-il ; je l'enverrai rejoindre le reste de l'engeance. Où s'est-il caché ?

Le prisonnier qui avait aidé à transporter le blessé hors du chemin des cavaliers, se détourna et répondit, en appuyant sur chacune de ses paroles :

— Le roi Henri de Castille est, grâces à Notre-Dame, de l'autre côté de la Zadorra, d'où il reviendra un jour reconquérir sa couronne.

— Du Guesclin lui-même ! ah ! chien... hurla Pedro, les yeux étincelant d'une malveillance diabolique, et s'élançant la dague haute pour abattre Bertrand du Guesclin, car tel était le nom du prisonnier; le chevalier breton demeura immobile, les bras croisés, les yeux fixés, avec une expression de froid mépris, sur la figure de don Pedro, et ayant à ses pieds son épée et sa hache.

Eustache fut à l'instant auprès de lui, s'écriant :

— Seigneur roi, il est mon prisonnier.

— Le tien, dit don Pedro d'un ton d'incrédulité, laisse-le à ma vengeance et tu auras de l'or... la moitié de mes trésors, tout ce que tu pourras désirer.

— Je ne le cède qu'à monseigneur le prince de Galles, répondit courageusement le jeune écuyer.

— Hors de mon chemin, malheureux nsensé, ou tu apprendras ce que c'est de braver la colère des rois ! vociféra Pedro.

Eustache dégaîna son épée.

— Seigneur roi, vous ne parviendrez à lui qu'à travers mon corps.

Au même instant, un des Espagnols dit à voix basse :

— *El Principe, sinor Rey.*

Aussitôt on vit paraître le prince Noir accompagné de quelques seigneurs; Pedro se jeta promptement à terre et plia le genou pour le remercier du gain de la bataille ; mais Edouard, sautant à terre, le releva en disant :

— Ce n'est pas à moi, mais à Dieu qui nous a donné la victoire, que doivent s'adresser nos actions de grâces.

Eustache frissonna en le voyant embrasser ce monstre sanguinaire qui, ne perdant pas de vue sa proie, ajouta à l'instant :

— Seigneur prince, voici notre principal ennemi, le perturbateur des royaumes, du Guesclin lui-même! et voilà un jeune traître de votre pays qui refuse de l'abandonner à ma juste vengeance!

Pendant que Pedro parlait, le prince échangea avec du Guesclin les salutations courtoises dues à des prisonniers de distinction; il ajouta alors, d'un ton calme et grave :

— Chez nous, Anglais, ce n'est point l'habitude de se venger des prisonniers de guerre.

— Monseigneur, dit Eustache en s'avançant de quelques pas, je remets mon prisonnier entre vos nobles mains.

— Recevez nos meilleurs remercîments, sir écuyer, répondit le prince. Vous êtes le jeune Lynwood, si j'ai bonne mémoire. Où est votre frère?

— Hélas! monseigneur, il gît ici mortellement blessé, répondit Eustache, dont tout le désir était de se débarrasser du prince et du prisonnier, pour pouvoir retourner auprès de son frère, qui avait repris connaissance, grâce aux soins du fidèle Gaston.

— Est-il vrai? je le regrette vivement, ajouta le prince avec une expression de peine profonde; puis, s'approchant du chevalier blessé, il se pencha affectueusement sur lui, et, lui prenant la main, il dit :

— Comment êtes-vous, mon brave Reginald?

— Assez pauvrement, monseigneur, répondit le chevalier mourant, j'aurais voulu prendre le roi Henri.

— N'ayez pas de regret, reprit le prince, mais laissez-moi vous remercier, pour le captif d'une valeur presqu'égale que je dois à vos armes.

— Que voulez-vous dire, monseigneur? pas messire Bertrand du Guesclin; je n'ai reçu de lui que mon coup de mort.

— Comment donc m'expliquer ceci, demanda Edouard, c'est votre jeune frère qui l'a remis entre mes mains.

— Parlez, Eustache, dit Reginald avec anxiété, se relevant un peu, messire Bertrand... votre prisonnier? justement et honorablement, serait-ce possible?

— Justement et honorablement, je le certifie, répondit du Guesclin; il s'agenouilla devant vous et défendit votre pennon plus longtemps que je ne l'aurais pu croire d'un bras si jeune, luttant contre ma courte hache. Ces manants de routiers fondirent sur nous et m'entouraient déjà, lorsqu'il détourna l'arme levée sur ma tête, et me cria de me rendre, et j'ai accordé de bon cœur à ce galant jeune homme l'honneur qui peut lui revenir de ma capture.

— Et il l'aura tout entier, noble Bertrand, dit Edouard; agenouille-toi, jeune écuyer. Ton nom est Eustache? Au nom de Dieu, de saint Michel et de saint Georges, je t'arme chevalier; sois toujours fidèle, brave et heureux comme en ce jour. Relevez-vous, sir Eustache Lynwood.

— Merci, merci, mon gracieux prince, dit Reginald, dont les yeux mourants étincelèrent encore une fois de bonheur ; je puis mourir content en voyant les éperons de mon frère si bien gagnés.

— Mourir ! ne parlez pas ainsi, mon fidèle Reginald. Vite, Denys, et amène ici notre propre médecin. J'espère que vous vivrez pour voir votre fils gagner aussi vaillamment ses éperons.

— Non, mon bon seigneur ; ni médecin, ni chirurgien ne peuvent plus me secourir. Je sens que je suis blessé à mort. Je suis heureux que ce soit à votre service. Tout ce que je désire, c'est votre protection pour ma femme, mon fils, mon frère...

— Votre frère l'a déjà méritée, répondit Edouard ; votre enfant deviendra le mien. Mais est-ce que nous ne pouvons rien faire pour vous soulager ? Vite le chirurgien ici ! Prends confiance, Reginald ! regarde-moi ! oh ! plût au ciel que du Guesclin fût libre et que la bataille ne fût pas livrée, pourvu que tu fusses en santé, mon bien-aimé frère d'armes !...

— Où est le prince ? cria une voix par derrière.

— Monseigneur ! monseigneur ! si vous ne vous dépêchez de venir, il y aura un abominable carnage fait parmi les prisonniers, par votre boucher espagnol .. par le roi...

— J'y vais, Chandos, répliqua Edouard. Adieu, mon brave Reginald ; et vous, mon nouveau chevalier, faites-moi savoir de ses nouvelles.

Il pressa la main de Reginald, et, soupirant profondément, monta à cheval, et s'en alla au galop avec Chandos, laissant le chevalier blessé aux soins de ses propres hommes d'armes.

Le sang coulait rapidement, la vie s'éteignait et la respiration de sir Reginald devenait difficile, lorsqu'Eustache, prenant la place de Gaston, appuya la tête de son frère contre sa poitrine, et lui baigna le front avec de l'eau de la rivière.

— Tu as vaillamment agi, Eustache : j'ai été injuste en doutant de ta bravoure. Dieu soit béni ! je puis mourir en paix, puisque je suis sûr qu'Arthur trouvera en toi un gardien fidèle et aimant. Tu es jeune, Eustache, mais ma confiance en toi est illimitée ; tu l'élèveras dans la crainte et dans l'amour de Dieu.

— Ce sera le devoir le plus sacré de ma vie, répondit Eustache, qui pouvait à peine parler.

— Je le sais, reprit Reginald, et s'efforçant d'élever la voix, il ajouta : soyez témoins, vous tous, que je laisse mon fils sous la tutelle du roi et de mon frère sir Eustache Lynwood. Et, ajouta-t-il en s'adressant à son frère, sois en garde contre Foulques Clarenham. Recommande-moi à ma douce Eléonore; dis-lui qu'elle a été la première comme la dernière dans ma pensée. Puis, après une pause : Gaston est-il ici?

— Oui, sir Reginald, dit Gaston se penchant sur lui, et serrant la main que le mourant essaya de lui offrir.

— Adieu, Gaston, je vous remercie de votre service affectueux et dévoué. Eustache trouvera dans mon coffre à Bordeaux de quoi vous récompenser en quelque sorte, ainsi que mes braves gens d'armes. Surtout, Gaston, ne retournez pas à vos anciennes habitudes, ni aux camarades auxquels je vous ai enlevé. Sur la parole d'un homme prêt à paraître devant Dieu, je vous assure que vous en auriez un amer regret. Léonard, tâchez d'être un homme véridique et brave, comme je me serais efforcé de vous rendre. Eustache, ma vue se trouble, est-ce toi qui soutiens ma tête? sont-ce tes larmes? ne pleure pas, mon frère. Je ne désirerais pas vivre davantage, si ce n'était pour ma pauvre Eléonore. J'espère tout de la miséricorde de Dieu, je l'ai toujours servi. Montre-moi le crucifix, le signe du salut. Tu es presqu'un clerc; répète-moi quelque psaume ou quelque sainte prière.

Eustache éleva la poignée de son épée qui formait une croix, et, d'une voix brisée, commença le *Miserere*. Sir Reginald s'y unit d'abord, mais bientôt ses lèvres cessèrent de remuer, sa tête retomba en arrière, l'on entendit un dernier soupir, et son ame noble et fidèle parut devant Dieu.

Pendant plusieurs minutes, Eustache soutint encore sur ses bras le corps inanimé de son frère; puis, relevant la tête, il imprima un long et douloureux baiser sur les lèvres décolorées du défunt, le déposa avec respect sur le gazon, et se pencha pendant un court espace de temps sur ce visage chéri ; faisant enfin un violent effort, il passa la main sur sa figure et se releva. Son premier regard fut pour d'Aubricour, qui, assis sur l'herbe, son coude appuyé sur les genoux, soutenait sa tête d'une main, tandis que de l'autre, il essuyait ses larmes ; sa figure était d'une pâleur mortelle, et les gouttes de sang tombaient rapides de la blessure de son côté.

— Oh! Gaston! s'écria Eustache, se reprochant de l'avoir oublié, je crains que vous ne soyez grièvement blessé!

— Vous ne penseriez pas de même, jeune chevalier, si vous aviez vu plus de champs de bataille, répondit Gaston, s'efforçant de sourire, je suis seulement épuisé de la perte de mon sang. Apportez-moi de l'eau, puis je pourrai retourner à cheval à la tente; mais n'oubliez pas votre prisonnier.

Eustache se retourna pour voir ce qu'était devenu son illustre captif, il le vit à une petite distance, parlant à un chevalier.

— Sir Eustache, dit Bertrand s'avançant vers lui, voici messire Guillaume Beauchamp, que le prince envoie, pour demander des nouvelles de votre noble frère et pour me conduire au pavillon royal. Je vous quitte d'autant plus volontiers, que je pense que vous ne vous souciez pas d'avoir des convives ce soir. Adieu, j'espère vous revoir en meilleure circonstance.

Eustache n'eut pas le courage de répondre, mais il ramassa l'épée de du Guesclin comme pour la lui rendre.

— Gardez-la, sir chevalier, vous savez la manier; je suis, en quelque sorte, votre parrain en chevalerie, et comme tel, je vous dois un présent. Donnez-moi la vôtre, afin que mon côté ne soit pas privé de son inséparable compagne; adieu!

— Sir Eustache Lynwood, ajouta sir Guillaume Beauchamp, vous vous rendrez à Navaretta, où nous prendrons nos quartiers dans le camp français. Je déplore la perte que nous avons faite aujourd'hui, mais j'espère que nous avons acquis un membre non moins distingué que celui que nous regrettons.

Eustache s'inclina et retourna auprès de son frère pour lui rendre les derniers devoirs. Le corps de sir Reginald fut placé sur les lances croisées de quatre de ses hommes. Eustache aida Gaston à se relever; l'écuyer chancela, s'appuya lourdement sur le jeune chevalier et dut se résigner à se laisser mettre en selle; mais ni le chagrin, ni la souffrance, ni l'épuisement ne purent l'empêcher de parler.

— Eh bien! Eustache, sir Eustache, veux-je dire, vous avez vu quelque chose des chances de la guerre.

— Des malheurs, vous voulez dire, Gaston?

— Je vous assure que plus d'un écuyer dans l'armée sacrifierait toute sa parenté à la bonne fortune que vous avez eue aujourd'hui. Croiser son épée avec du Guesclin serait déjà assez d'honneur. Je me vanterai jusqu'au jour de ma mort de cette blessure que j'ai reçue de lui. Mais le faire prisonnier!...

— Le mérite ne m'en appartient pas; si nos hommes n'étaient pas venus à mon secours, mes exploits eussent été bientôt finis, et je n'aurais pas eu la douleur de survivre à mon frère.

— Je sais ce que la plupart de nos jeunes gens auraient fait

à votre place, sans pour cela rien perdre de l'estime publique :
baisser son pennon à ce premier coup de maître qui vous fit
tomber sur un genou et demander quartier. Pauvre pennon !
je le croyais perdu et je voulais aller à votre aide, mais la
lutte était finie avant que j'aie pu me remettre sur pied, et
je suis heureux que la gloire vous reste tout entière. Recevoir
l'accolade à l'ombre du drapeau, sur un champ de bataille,
c'est une chance qu'un homme sur cinq cents ne rencontre
pas, et vous l'avez eue à votre premier combat. Mais il ne
m'écoute pas, il ne pense qu'à son frère ! Prenez courage,
sir Eustache, ce n'est qu'une chance de guerre ! Mieux vaut
succomber sous l'épée et le bouclier que comme une vieille
femme alitée. Mieux vaut mourir honoré et regretté qu'usé et
oublié. Il ne trouve pas encore une parole ! je pourrais, certes,
pleurer avec lui, car jamais meilleur chevalier n'a vécu et on
n'en trouvera point qu'un écuyer eût plus de raisons d'aimer.

CHAPITRE V.

Le jeune Banneret.

Dans les siècles de la chevalerie, les batailles étaient beaucoup moins meurtrières que de nos jours ; la perte des deux
armées à Navaretta, ne se monta pas à six cents hommes, et le
parti de don Pedro n'eut à regretter que quatre chevaliers, dont
sir Reginald fut le seul anglais.

Le jour suivant, ces quatre chevaliers furent inhumés avec
pompe dans l'église du village. Sir Eustache Lynwood suivit le
cercueil de son frère à la tête de ses hommes d'armes.

De retour dans sa tente, il trouva Gaston assis sur sa couche
et dirigeant les opérations de Guy, un vieux Poitevin qui avait le
pennon de Lynwood, étendu par terre devant lui. Eustache
exprima sa surprise :

— Comment, s'écria Gaston, verrais-je mon chevalier banneret, le plus jeune chevalier de l'armée, avec un misérable pennon! vous êtes un baronnet créé en pleine campagne et vous avez le pas sur tous les chevaliers bacheliers. Tenez, Léonard, apportez-moi ce pennon, pour voir si on peut en faire un carré.

— Le pennon de ma pauvre Eléonore, dit Eustache avec tristesse.

— Quel plus grand honneur peut-il lui arriver que de devenir bannière? Je regrette seulement que cette tache de sang, le plus noble ornement qu'un drapeau puisse porter, soit sur la queue d'aronde. Mais que vois-je? vous, un chevalier banneret, avec votre casque d'écuyer et votre surtout taché de sang, pas même les éperons dorés! s'écria Gaston avec indignation ; plût au ciel que je vous eusse vu, partir! Mais c'était la faute de Léonard. Comment, jeune homme! ne connaissez-vous pas votre devoir?

— Je ne suis pas l'écuyer d'Eustache Lynwood, répondit Ashton.

— Tout écuyer est tenu à servir le chevalier à la suite duquel il se trouve, dit d'Aubricour. Ne savez-vous pas cela au moins des lois de la chevalerie? Ayez soin qu'il soit mieux pourvu à l'avenir. Vous devez vous présenter demain chez le prince, sir Eustache.

— Oui, un des écuyers m'a invité à me rendre à sa tente, répondit le jeune chevalier, mais il faut que j'écrive ces écrasantes nouvelles à ma pauvre sœur, et je vais trouver le père Valérien pour avoir du parchemin et de l'encre.

— Et comment enverrez-vous la lettre?

— Par le courrier des dépêches du prince au roi son père; sir Richard Ferrars le connaît, et la lui recommandera. Ainsi, adieu, Gaston, soyez tranquille et ne vous préoccupez pas de mon équipement.

En disant ces paroles, il sortit de la tente, et Gaston secouant la tête et se rejetant en arrière sur ses peaux de cerf, s'écria :

— Tendre et fidèle, brave et aimant! je ne sais que penser d'Eustache Lynwood. Son esprit est aussi élevé que celui d'un paladin d'autrefois, quant à cela, je n'en ai jamais douté. Cependant sa main est aussi habile dans l'écriture que celle d'un clerc, et son cœur aussi tendre que celui d'une femme. Comme il a soupiré et pleuré toute cette longue nuit, quand il croyait n'être entendu de personne! Sir Reginald était un noble chevalier et est amèrement regretté ; mais où est le jeune homme qui ne serait pas plus enthousiasmé de sa propre gloire qu'abattu de la perte d'un frère, et quel chevalier nouvellement armé négligerait son accoutrement pour écrire de tristes nouvelles à une belle-sœur? Mais, continua-t-il se levant de nouveau, Guy, apportez-moi les éperons dorés que vous trouverez là-bas. Je sais que sir Reginald portait les meilleurs, et il me semble qu'il y a quelque chose qui ne va pas dans les molettes de ceux-ci. Ah! c'est bien cela! cherchez maître Ferry l'armurier, et dites-lui de venir tout de suite.

— Et couchez-vous tranquillement en attendant, maître d'Aubricour, répliqua Guy; ou bientôt il manquera un écuyer parmi les lances de Lynwood.

— Vous m'étonnez, d'Aubricour, dit Léonard détournant les yeux d'un pâté sur lequel il se dédommageait de ses privations passées. Je m'étonne que vous vous fatiguiez, tout blessé que vous êtes, et cela pour rien.

— Appelez-vous notre brave jeune banneret, un rien? honte à vous! Toute l'Angleterre devrait en être fière, et, à plus forte raison, son ami et son compagnon d'armes.

— C'est de tout mon cœur que je souhaite du bien à Eustache Lynwood, dit Léonard; mais je ne vois pas pourquoi il devrait être plus honoré que tant d'autres! Vous-même, Gaston, si fort son aîné, passé maître dans toutes les connaissances d'un chevalier, et qui avez aussi combattu avec ce Français dont on fait tant de cas, le prince aurait tout aussi bien pu vous créer chevalier qu'Eustache, qui aurait succombé si je n'eusse été à son secours. Il me semble qu'à la place du prince, j'aurais au moins demandé quel était le plus méritant.

— Et le choix aurait été le même, dit Gaston; non-seulement sir Eustache a pris messire Bertrand, tandis que ma chance a été toute contraire; mais encore de quoi servirait la chevalerie à l'étranger vagabond et sans terre, comme vous m'appelez courtoisement, sinon à me rendre propre au capitanat d'une bande de routiers, et impropre à l'office d'écuyer, que je comprends, dites-vous, assez peu.

— N'est-ce pas la même chose pour lui? demanda Léonard; il ne possède pas un pied de terrain, et tout ce qu'il aura jamais d'or se trouve sur les éperons cassés de son frère.

— Ecoutez-moi, Léonard, dit Gaston; riche ou pauvre, sir Eustache est le seul chef convenable pour les Lances jusqu'à ce que le petit garçon soit d'âge à exercer son droit; mais il ne pouvait occuper ce poste sans être chevalier. Même pendant cette campagne, où, par la force des choses, j'aurais pu prendre le commandement, étant mis momentanément hors de service, l'autorité lui serait revenue, et, sans ce nouveau titre, on ne lui aurait peut-être pas obéi aussi volontiers.

— Non, en vérité, reprit Léonard, c'est étrange cependant que l'attouchement de l'épée du prince puisse faire une si grande différence entre lui et moi.

— Ce n'est pas l'accolade du prince qui fait cette différence, reprit Gaston.

— Et quoi donc, je vous prie? demanda sèchement Léonard; ce n'est sûrement ni sa taille, ni sa force! son bras pourrait appartenir à une fille, je l'écraserais sous mon étreinte. En disant cela, il étendit sa main dure et rouge.

— En vérité, dit Gaston, j'aimerais voir si cette grosse patte aurait gagné l'épée de du Guesclin.

— Je vous le dis tout crûment, continua Ashton, je pouvais suivre sir Reginald, puisqu'il était un homme de conséquence, très-considéré dans notre pays, et que mon père désirait l'obliger et lui faire une faveur en me plaçant dans sa compagnie.

— Une faveur! répéta Gaston.

— Mais, reprit Léonard avec colère, quant à servir Eustache-le-Clerc pas plus âgé que moi, moins grand de toute la tête, et un parvenu sans terre, le fils de mon père ne le fera jamais!

— Si vous le dites vraiment, répondit Gaston, je vous recommande de ne pas le faire si haut, ou peut-être le parvenu sans terre pourrait confier au grand prévôt le fils de votre père pour avoir cherché à mutiner ses hommes. Ah! voici l'armurier qui arrive en temps opportun.

Le reste du jour fut employé par Gaston à accommoder l'équipement de son maître, affaire selon lui de la plus haute importance, et on ne parla plus dans la tente que du choix du casque et du bouclier, et de la disposition des armoiries. La seconde chose essentielle à faire était de décider le sort des prisonniers pris par les Lances de Lynwood, pendant les premières heures du combat; deux étaient écuyers, les quatre autres de grossiers hommes d'armes, qui protestèrent qu'ils ne pouvaient donner un écu pour leur rançon. Eustache rendit ceux-ci à la liberté et voulait en faire autant pour les autres, mais Gaston lui persuada que ce serait nuire à la cause du prince que de laisser aller ces brigands, sans en tirer quelques gros écus fran-

çais; laissant donc à son écuyer le plaisir de fixer la somme,
il leur fit rendre leurs chevaux et leur permit d'aller quêter de
l'argent parmi leurs compatriotes.

Le lendemain, Gaston eut la joie de voir son jeune banneret
équipé en vrai chevalier, les éperons dorés aux talons, l'épée
de du Guesclin au côté et le manteau blanc jeté sur l'épaule.
Léonard fut sommé de l'accompagner, mais il grommela quelque
chose qui ressemblait si fort à un refus péremptoire, que Gaston
commença à le reprendre avec véhémence.

— N'y faites pas attention, Gaston, vous ne lui ferez aucun
bien en lui parlant de la sorte; je puis très-bien aller seul.

— Aller seul! cela ne sera jamais, dit Gaston en se levant,
je vous accompagnerai moi-même. Je meurs d'envie d'assister
à votre réception par le prince. Où est mon épée?

— Non, Gaston, dit Eustache, vous ne le ferez pas. Voyez
comme les rayons brûlants du soleil dardent sur cette colline
qui nous sépare de la tente royale; il faut ménager nos forces,
s'il est vrai que nous devions partir pour Burgos aujourd'hui.

— On voit bien que vous êtes nouveau dans la chevalerie,
puisque vous faites tant d'attention à une égratignure, répondit
Gaston qui commençait déjà ses préparatifs. Guy, va seller Brigliador.

— Non, dit Eustache, ne touche pas à Brigliador. Vous le
niez en vain, Gaston, votre figure vous trahit et montre que
vous ne remuez pas sans souffrir. J'ai appris un peu de médecine
parmi mes connaissances de clerc; prenez garde que vous ne la
mettiez à profit, Léonard; puisque c'est le seul moyen de le
calmer, je t'ordonne de me suivre.

Léonard baissa la tête et obéit. Ils se dirigèrent vers le village de Najara. Eustache trouva le prince au moment où il
entrait à l'église pour entendre la messe; donnant sa monture
à John Ingram, il se joignit aux autres chevaliers qui entraient
à l'église.

Le saint sacrifice fini, il reçut les plus cordiales félicitations
des amis de son frère, et l'un d'entre eux, sir Richard Ferrars,
un beau vieillard dont les cheveux blancs contrastaient avec la
vigueur de son teint, l'amena en avant du groupe pour le présenter au prince de Galles.

— Soyez le bienvenu, notre nouveau chevalier! dit Edouard;
braves camarades, je vous présente notre plus jeune frère
d'armes, espérant que vous ne lui envierez pas son bonheur

d'avoir emporté la plus belle rose de notre guirlande à Navaretta.

Bertrand du Guesclin qui se trouvait parmi les seigneurs de
la suite du prince, fut le premier à s'avancer, et, donnant une
poignée de main à Eustache, il dit en riant :

— Monseigneur, c'est la première fois que le plus laid chevalier de France s'entend désigner sous un tel nom ; mais
puissiez-vous, jeune homme, gagner et porter de plus belles
fleurs.

— Ce souhait ne peut guère être sincère, dit le duc de Lancastre, à moins que vous vouliez parler de roses d'un tout autre
genre que celles de la guerre. Et, en vérité, avec ses allures et la
renommée qu'il vous doit, il peut se promettre plus d'une
conquête. Voyez, il rougit comme si nous avions deviné sa
pensée.

— En vérité, monseigneur John, dit le vieux sir John Chandos
avec sévérité, un homme peut bien rougir d'entendre un fils du
roi Edouard parler aussi légèrement de la récompense des exploits militaires. Ses allures et sa renommée, ma foi !... comme
s'il n'était pas déjà assez exposé à avoir la tête tournée, ainsi
que tant d'autres adolescents, auxquels il a plu à son altesse de
conférer la chevalerie pour un pur bonheur comme le sien.

— Vous avez tout de bon donné de la couleur à ses joues,
dit le captal de Buch ; considérez, Chandos, que ce n'est pas
le moment d'abattre son esprit.

— Ce serait un esprit qu'il ne vaudrait pas la peine de considérer, s'il pouvait être abattu par un peu d'haleine qui passe
sur les lèvres, ajouta sir John en s'en allant, et ajoutant lorsqu'il fut assez éloigné pour qu'Eustache ne l'entendît plus : un
garçon qui promettait beaucoup, s'il avait pu être formé par son
frère ; mais on le gâtera, et je ne veux pas m'en mêler.

Eustache, pénétré de vénération pour ce vieux guerrier, fut
mortifié de son peu d'accueil qui contrastait si péniblement
avec la bienveillance des autres chevaliers. Il put à peine reprendre assez d'aplomb pour recevoir les ordres du prince au
sujet de la troupe de son frère.

— Prenez le commandement vous-même, dit Edouard ; vous
avez sûrement un écuyer, un homme d'armes capable de suppléer
à votre manque d'expérience.

— L'écuyer de mon frère, Gaston d'Aubricour, est bien versé
dans l'art de la guerre, monseigneur, dit Eustache, et avec son

aide, je ferai de mon mieux pour répondre à la confiance dont vous m'honorez.

— C'est bien, dit Edouard ; les Lances de Lynwood ont été trop habituées à faire leur devoir pour l'oublier facilement, et je ne doute pas que vous ne réussissiez bien. Quel est l'âge du jeune héritier de votre frère?

— Huit ans, monseigneur.

— Nous le ferons venir bientôt à Bordeaux, dit Edouard, pour qu'il grandisse avec mes fils dans la même amitié qui unissait leurs pères. Et maintenant, ajouta-il en se retournant vers sa brillante suite, allons nous préparer à notre marche d'aujourd'hui. Dans une heure, les trompettes sonneront le départ pour Burgos.

Le prince prit le chemin de sa tente, suivi du captal de Buch ; Eustache chercha des yeux son écuyer, il vit Ingram à quelque distance, mais Léonard avait disparu.

Eustache monta aussitôt à cheval et se dirigea vers ses tentes, ordonnant à un homme d'armes de chercher Ashton et de lui donner connaissance de l'ordre du départ, tandis que lui-même s'avançait lentement, pensant avec désappointement et tristesse à la réception de sir John Chandos, à la bonne opinion duquel il tenait plus qu'à celle d'aucun autre des guerriers du camp.

— Ceci est une folie, dit-il après deux ou trois minutes de pénibles réflexions, le bon vieux baron n'a dit que ce que je sais très-bien, que je suis loin d'avoir mérité ces honneurs. De qui dépend-il d'avoir obtenu ses éloges, sinon de moi-même? Avec le secours de Notre-Dame, je lui ferai avouer à la fin que tout jeune que je suis, je sais porter dignement les éperons. Holà ! Ingram, où est maître Ashton.

— Où vous serez peu content de le savoir, sire chevalier, répondit un homme d'armes en pressant son cheval pour rejoindre le grand dextrier flamand d'Eustache. A l'auberge du village là-bas, avec cet écuyer borgne mal famé que vous connaissez. Je l'ai averti comme vous me l'avez commandé, et toute la réponse que j'ai eue, c'est qu'il viendrait quand il voudrait et non à votre appel.

— A-t-il dit cela, l'insolent obstiné? dit Eustache d'un air attristé. Et que faire?... Y aller moi-même serait le sûr moyen de mettre toute ma troupe en retard... Cependant, le laisser !...

Eustache regarda l'honnête et impassible figure de John

Ingram et ne put s'empêcher de sourire de la pensée qu'il avait eue de lui demander conseil.

— Portez vite, John, ajouta-t-il, portez à maître d'Aubricour l'ordre du départ; que tout soit prêt pour mon retour.

Retournant alors promptement sur ses pas, Eustacde galopa vers le village.

Tout y était empressement et confusion. Les palefreniers, les pages, les hommes d'armes allaient et venaient, sellaient leurs chevaux, les trompettes sonnaient, en un mot, c'était tout le fracas et le désordre qui précèdent un prochain départ. Il ne put se frayer un chemin à travers la foule qu'avec une lenteur et une difficulté qui augmentaient encore son impatience et son embarras.

Près de la Venta, petite maison blanche avec un balcon en bois autour duquel s'enroulait une vigne, la foule était encore plus compacte; des voix bruyantes et animées qui se faisaient entendre, annonçaient une querelle, et les hommes d'armes se pressaient si fort pour jouir de la vue du combat, qu'ils ne prenaient pas garde à Eustache qui s'approchait de manière à presque les fouler aux pieds de son cheval. Il regarda par-dessus leurs têtes, cherchant à voir Léonard; ce fut en vain. Il pensa alors à se retirer, mais il se trouva engagé dans la foule.

Au même instant, on entendit le cri de:

— Le maréchal prévôt! et soudain, sans qu'il pût savoir comment, la foule sembla disparaître autour de lui, s'éloignant dans toutes les directions, et il se trouva seul au milieu de la place du village, avec quelques groupes d'archers, de palefreniers et d'hommes d'armes de mauvaise mine, qui se dépêchaient au plus vite de partir, tandis que d'un autre côté, le maréchal prévôt, suivi des archers de la garde et de sir John Chandos lui-même, entra sur la scène.

— Ah! qu'est-ce que tout ceci? qui avons-nous là? demanda le vieux baron... Sir Eustache Lynwood! par ma vie, un beau commencement pour votre brillante carrière de chevalier.

— Sur mon honneur, mylord Chandos, dit Eustache en rougissant, je ne suis pas un retardataire ici; je suis venu chercher mon écuyer, Léonard Ashton, et je me suis trouvé engagé dans la foule.

— Aye, aye! je comprends, dit Chandos sans l'écouter, je vois comment cela ira. A vos quartiers à l'instant, sire chevalier! je suppose que tous vos hommes sont à chercher des écuyers dans les auberges.

— Vous me jugez mal, mylord, répondit Eustache, mais vous serez obéi.

Les trompettes avaient sonné avant qu'il eût rejoint sa troupe. Grâces à Gaston, il trouva tout en ordre. La tente avait été pliée, et chargée sur les chevaux de transports, les hommes étaient montés, rangés en bon ordre, sa bannière flottait au-dessus de leurs têtes, et Gaston lui-même n'attendait que son arrivée pour monter un vigoureux mulet, que Martin le palefrenier venait de lui amener.

— Tout est bien ! merci, mon brave Gaston, dit Eustache, poussant un soupir de soulagement, comme il ôtait son casque échauffé par sa rapide course au grand soleil.

— Pas de nouvelles du truand ? demanda Gaston. Qui au monde, excepté vous, aurait eu l'idée d'aller le chercher : eh bien ! j'étais sûr que vous ne pourriez pas vous passer de m'avoir auprès de vous.

Eustache sourit ; mais il était trop fatigué et trop vexé, pour pouvoir donner un assentiment très-joyeux. Il eut à peine le temps de charger Furagus et de monter un petit poney, avant qu'on ne donnât le signal pour se mettre en marche, et tous partirent. Quoique la saison fût encore peu avancée, le soleil avait déjà beaucoup de force, et le sol sec et rocailleux de la Castille reflétait ses rayons avec une telle intensité que longtemps avant midi il semblait à Eustache que l'on traversait une fournaise. Ses embarras n'étaient pas près de finir, la soif occasionnée par la chaleur était excessive ; à chaque venta dans les villages qu'ils traversaient, les hommes demandaient à boire, mais ainsi que le père Valérien l'avait dit à Eustache, les vins chaleureux d'Espagne n'étaient propres qu'à augmenter le mal en enflammant le sang.

C'était pendant la semaine sainte, et, pour le chevalier, ce fut un motif suffisant de s'abstenir de vin, se contentant d'un verre d'eau quand on pouvait lui en procurer, ce qui néanmoins était rare. Il aurait bien voulu persuader à ses hommes de faire de même, mais ses remontrances n'eurent aucun effet, et ses lèvres desséchées se refusèrent à prononcer une défense qui eût été regardée à la fois comme déraisonnable et cruelle. Il fit pourtant des instances plus pressantes à Gaston, lui représentant qu'il augmentait par la boisson la fièvre de sa blessure ; mais l'écuyer était complètement intraitable. Il répondit d'abord, avec sa gaieté et son insouciance ordinaires, que l'égratignure n'était rien, et que, fût-elle quelque chose, il aimait autant mourir d'une bles- sure que de soif. Mais à mesure que le jour s'avançait, la nature de l'homme semblait subir une entière transformation. Parfois, il était d'une gaieté bruyante, parfois sombre et silencieux ; et quand l'infatigable Eustache réitérait ses observations, il lui répliquait non-seulement avec une absence complète de cette déférence qu'il rendait si scrupuleusement d'habitude à la dignité du chevalier, mais encore avec des plaisanteries rudes et mordantes sur sa jeunesse, son éducation cléricale, et son inexpérience.

La patience d'Eustache eût difficilement tenu jusqu'au bout, s'il ne se fût aperçu que d'Aubricour n'était plus maître de lui ; et même en considérant ses paupières enflammées, ses yeux injectés de sang, le jeune chevalier conçut de vives in- quiétudes pour les suites d'un pareil excès. Les hommes riaient tout bas de quelques-unes des saillies de l'écuyer ; sans être positivement en désordre, la troupe ne présentait pas cet aspect discipliné qui avait jusque là distingué les Lances de Lynwood, et le pauvre Eustache, épuisé et abattu, n'ayant plus le secours de son fidèle conseiller, découragé par les reproches de Chandos et sentant sur ses épaules tous les soucis du monde, songeait sérieusement à aller remettre au prince une autorité qu'il se trouvait incapable d'exercer.

Enfin, il aperçut la cathédrale de Burgos, s'élevant au milieu des fortifications mauresques de la ville ; et faisant arrêter ses hommes à l'ombre de quelques arbres, il alla s'informer près des maréchaux du camp, de l'emplacement qui lui serait assi- gné pour ses tentes, et il revint aussitôt les faire dresser. Gaston qui était enfin devenu silencieux fut descendu de son mulet et conduit à sa tente, où on le mit sur son lit ; et peu après, l'arrivée de Léonard Ashton mit fin aux inquiétudes d'Eustache à son sujet. Il entra brusquement sans dire un mot d'excuse, déclarant qu'il était fatigué comme un chien, et, se jetant sur une peau de cerf dans son coin de la tente, il s'endormit profondément au bout d'une minute.

CHAPITRE VI.

La fièvre.

Léonard fut éveillé le lendemain par les rayons du soleil levant, qui arrivaient jusqu'à lui par l'ouverture faite pour laisser entrer l'air frais du matin. Il vit Eustache penché sur Gaston, qui, étendu sur sa couche, disait d'une voix très-faible :

— Je vous dis que c'est quelque chose de plus. Une belle fièvre ne saurait être causée par une légère coupure. Il y a des maladies dans le camp, et pourquoi ne serait-ce pas mon tour aussi bien que celui d'un autre ? Prenez soin de vous-même, sir Eustache.

Léonard n'eut pas plutôt compris le sens de ces paroles, qu'il se leva en sursaut, s'élança hors de la tente et ne se crut en sûreté, que lorsqu'il se trouva à une distance prudente ; il cria alors de toutes ses forces à Eustache de venir le rejoindre.

— A-t-il la fièvre, demanda-t-il, comme Eustache s'approchait.

— Il est très-mal à l'aise, répondit le chevalier, mais, à mon avis, c'est un effet de la fatigue et de la chaleur d'hier, ainsi que du vin qu'il a voulu boire.

— C'est la fièvre, j'en suis sûr, dit Ashton.

— Allons-nous-en, Eustache, ou nous attraperons son mal.

— Je ne puis pas l'abandonner, répondit Eustache.

— Quoi ! vous avez l'intention d'exposer votre vie en restant près de lui ?

— Je ne crois pas qu'il y ait du danger à le faire ; mais il y en aurait, que je ne pourrais pas le laisser seul et malade, après toute la bonté et la patience qu'il a eues pour mon inexpérience.

— Il n'est ni notre frère ni notre cousin, dit Léonard ; je ne vois pas pourquoi nous devrions exposer notre vie pour un étranger. Pour ma part, je ne le ferai pas, et en ancien camarade et ami, je vous supplie de ne pas le faire.

C'étaient les premières bonnes paroles qu'Eustache entendait de la bouche d'Ashton, depuis l'origine de la jalousie de ce dernier, et, les croyant dictées par l'amitié, il répondit avec affection :

— Merci, Léonard, mais je ne puis pas considérer Gaston d'Aubricour comme un étranger, et quand même j'aurais moins de raisons de l'aimer, je ne devrais pas quitter mon poste.

— Vous ne vous attendez pas à ce que je fasse de même, dit Léonard. Mon père m'a envoyé ici pour gagner honneurs et richesses, et pas pour être empoisonné par l'haleine d'un homme malade.

— Assurément non, répondit Eustache. J'arrangerai les choses de manière à ce que vous ne dormiez pas dans la même tente. Mais permettez-moi, Léonard, de vous demander l'explication de votre conduite d'hier.

— Vous pouvez vous la demander à vous-même, répliqua Ashton d'un air sombre ; il me semble qu'elle est assez claire.

— Prenez garde, Léonard ; rappelez-vous que l'autorité de mon frère m'a été donnée.

— Puisse-t-elle vous porter bonheur ! mais elle ne me regarde pas. Je ne suis pas un de vos vassaux pour obéir à votre appel. J'ai mes amis à moi, et je ne veux pas rester dans cette partie infectée du camp, avec des hommes qui gardent des pestiférés au milieu d'eux. Donnez-moi mon épée et mon manteau, et je ne vous serai plus à charge.

— Un moment, Léonard ; je prendrai toutes les mesures possibles pour votre sûreté ; mais n'oubliez pas que je suis responsable devant le prince des suivants de mon frère.

— Répondez pour vos serfs, répondit Léonard avec insolence. Mon père a pu faire à sir Reginald l'honneur de me placer près de lui, mais sa mort m'a rendu la liberté, et je ne l'emploierai certes pas à vous servir, parce que le prince s'est plu à vous toucher l'épaule de son épée. Jasper, dit-il, en s'adressant à un des hommes d'armes, apporte-moi de la tente mon manteau et mon épée, car je ne veux plus y rentrer.

— Je ne sais pas jusqu'à quel point vous m'êtes lié, dit Eustache ; il faut que je le demande à quelque ancien chevalier ; mais je crains qu'en rompant avec moi, vous ne compromettiez votre nom et votre renommée.

Léonard avait repris son expression boudeuse, et ne voulait plus écouter. Il avait déjà résolu de se joindre au Borgne-Basque, et de quitter le service, que son caractère envieux lui rendait insupportable ; la frayeur panique inspirée par l'indisposition de Gaston, le détermina à partir sans délai, et, sans écouter des représentations auxquelles il ne savait que répondre, il tourna le dos à Eustache, et s'occupa à ceindre son épée qu'on venait de lui apporter. Eustache ne se laissa pas rebuter.

— Encore un mot, Léonard ; d'après ce que j'entends dire, je crois que la santé court de plus grands risques dans les orgies que dans le voisinage du pauvre Gaston. Si vous êtes résolu de quitter un ami qui ne veut que votre bien, faites du moins attention au genre de vie que vous allez embrasser.

Le grossier écuyer ne fit aucune réponse, et s'éloigna avec toute la dignité de la mauvaise humeur. Le jeune chevalier, qui avait pour lui un vrai sentiment d'affection, le suivit quelque temps des yeux, et retourna en soupirant auprès de son malade qu'il trouva dormant d'un sommeil agité. Après quelques moments de réflexion, il céda son poste de garde-malade au vieux Guy, et se rendit à la tente de sir Richard Ferrars pour lui demander conseil.

Le vieux guerrier était debout à l'entrée de sa tente, occupé à examiner une blessure que son cheval avait reçue la veille ; il accueillit Eustache avec une bienveillante cordialité.

— Je suis bien aise que vous ne dédaignez pas de demander conseil, dit-il, comme cela arriverait à plus d'une jeune tête, exaltée par de récents honneurs.

— Je ne suis que trop heureux de trouver quelqu'un qui veuille bien m'éclairer de ses lumières, répondit Eustache, et il commença à expliquer son embarras par rapport à Léonard Ashton.

— Laissez-le aller ! et un bon débarras ce sera, dit sir Richard ; la moitié de vos soucis partiront avec lui.

— Cependant, il me coûte de ne pas essayer d'empêcher mon ancien camarade de courir à sa ruine.

— Vous avez déjà assez sur les bras, sans vous préoccuper de lui, répondit le vieux chevalier ; il fera plus de mal dans notre troupe, que partout ailleurs, et il éprouverait votre patience à toute heure.

— Il est mon ami d'enfance, repartit Eustache qui n'était pas encore satisfait.

— Sa conduite en est d'autant plus honteuse, répliqua sir Richard; ne donnez plus une pensée à ce lourdaud, qui, je le crains bien, pourrait vous devenir une pierre d'achoppement. Laissez-le se dégoûter de ses nouveaux associés, un plus grand bonheur ne saurait lui arriver. Et pour ce qui vous regarde, que ferez-vous de l'écuyer malade?

— Que puis-je faire? sinon lui donner tous les secours qui sont en mon pouvoir.

— Je ne suis pas homme à vous en dissuader. Ce n'est que votre devoir. Et cependant....

Il considéra alors la taille si frêle, et les membres si délicats du jeune chevalier, ses joues pâlies par la veille, et par la chaleur étouffante de la nuit passée, et les paupières appesanties qui ombrageaient ses yeux bleus et pensifs.

— Votre santé est-elle bonne, sir Eustache?

— Aussi bonne que celle de tout autre homme, répondit le chevalier.

— De tout autre homme! répondit Ferrars; vous devriez dire de tout autre garçon! Mais soyez homme, puisque vous le voulez; seulement, soignez-vous autant que le devoir le permet. Je préfère votre santé à celle d'une demi-douzaine de ces noirs gascons.

Eustache raconta alors à sir Richard, sa compromettante rencontre avec sir John Chandos, et le pria d'expliquer la chose au vieux baron.

— Volontiers! dit sir Richard; mais ne prenez pas trop à cœur, le peu de courtoisie du vieux Chandos. Il ne vous veut pas de mal, Eustache. Faites votre devoir, et il saura l'avouer dans l'occasion.

Eustache remercia le vénérable chevalier, et, avec l'esprit plus tranquille, il rentra dans sa tente, pour se dévouer au service de son écuyer malade. Le bruit que la fièvre avait atteint sa troupe éloigna la plupart des visiteurs, et il trouva peu de soulagement à ses fatigues. Un homme d'armes se présenta de la part de Léonard, pour réclamer les armes, le cheval et tout ce qui appartenait à son nouveau maître, qui venait de prendre service à la suite de sir Guillaume Felton. Eustache était maintenant trop absorbé par ses propres affaires, pour continuer à s'inquiéter des démarches de son camarade.

Gaston fut au plus mal pendant un ou deux jours, et au moment où la fièvre commençait à tomber un nouvel accès fut provoqué par le voyage de Burgos à Valladolid, où on le transporta en litière, à la suite de l'armée, qui se rendit dans cette ville pour attendre les subsides promis par Don Pedro. Le climat malsain des environs éprouva cruellement les soldats en général et surtout le prince Noir; il prit là le germe de la maladie qui devait le conduire au tombeau.

Les semaines se succédaient, les chaleurs devenaient plus accablantes, et le nombre des malades allait toujours croissant, tandis que Gaston gisait encore, languissant et faible pendant le jour, la nuit brûlé par la fièvre. Il y avait parmi les hommes d'armes, d'autres invalides qui n'exigeaient pas moins de soins, et le jeune chevalier lui-même dépérissait sous le poids de ses nombreux soucis.

Cependant il n'avait pas encore perdu un seul de ses hommes; et au bout de quelques semaines, il commença à prendre plus de confiance en lui-même, et à comprendre son poste comme chef, mieux qu'il ne l'aurait fait si Gaston avait pu lui venir en aide.

— La brise des Pyrénées ferait de moi un tout autre homme, dit Gaston, un soir, lorsqu'appuyé sur le bras d'Eustache, il sortit de la tente, pour jouir de la fraîcheur qui succédait à la chaleur accablante du jour.

— On dit, interrompit Eustache, que nous nous remettrons en route, dès que le prince pourra être transporté. Il est fatigué d'attendre que ce chien d'espagnol veuille bien accomplir ses promesses.

— Par ma foi, répondit d'Aubricour, je crois que le brigand sanguinaire désire annuler ses dettes par la mort de tous ses créanciers. Je donnerais ma part de la paie, quand elle serait vingt fois plus forte, pour une bouffée d'air de mes montagnes.

— De quel côté se trouve votre manoir, Gaston? Près du défilé par lequel nous avons passé?

— Non; plus à l'est. Mon manoir, dites-vous? Vous seriez surpris de ce que c'est à présent : un castel noirci par le feu et en ruines; un repaire de loups, en toute vérité, et c'est tout ce qui reste du château d'Aubricour.

— Comment! s'écria Eustache. Qu'est-ce qui a occasionné cette dévastation?

— N'avez-vous jamais entendu raconter mon histoire? dit Gaston. Peut-être que non. Vous êtes nouveau dans le camp, et on n'en parle plus; d'ailleurs, les hommes ne demandent pas

trop d'où viennent leurs camarades. Eh bien! la maison d'Aubricour a toujours été renommée par son courage, et mon
père, le baron Béranger, ne le cédait en rien à ses ancêtres. Il
se disait homme-lige de l'Angleterre, parce que l'Angleterre
étant loin, ne pouvait guère l'inquiéter, et il faisait la guerre à
son gré avec tous ses voisins. La proie que le vieux loup noir
des Pyrénées apportait à son liteau, était toujours bien choisie
et fournissait abondamment à de joyeux banquets. Je me rappelle bien que mon père et mes frères avaient l'habitude de
sonner du cor, afin d'annoncer qu'ils ne revenaient pas les mains
vides; puis on voyait monter par le sentier escarpé, un riche
marchand dont l'or garnissait nos bourses pendant six mois; ou
un chevalier dont la brillante armure doublait la rançon, ou...

— Comment! vous étiez en vérité...

— Des voleurs nobles, à la manière de vos quatre fils Aymon,
répondit tranquillement Gaston. Oui, Béranger d'Aubricour
était la terreur de tout son voisinage, et personne n'aurait osé
le poursuivre jusque dans son repaire. Ainsi j'ai grandi là, comme
il convenait au petit d'un tel loup, prenant mes ébats à mon
gré, dans les vestibules du vieux manoir.

— Votre mère? demanda Eustache.

— Ah! pauvre mère! je ne l'ai pas connue. Elle mourut peu
de temps après ma naissance; tout ce que je sais d'elle, je le
tiens d'une vieille mégère, la seule femme qu'il y eût au château,
et que mon père garda pour avoir soin de moi. Ma mère, était
une demoiselle noble du royaume de Navarre; mon père la vit
à un tournoi, la saisit et l'enleva. Pauvre demoiselle! notre for-
midable nid d'aigle a dû faire un triste contraste avec ses ver-
doyantes vallées, d'autant plus qu'elle était fiancée au seigneur
de Montagudo, le vainqueur du dit tournoi. Depuis ce jour, les
Montagudo nous ont voué une haine implacable, et le regard
de mon père devenait foudroyant, quand leur nom venait à être
prononcé devant lui. On dit que ma mère errait comme un revenant, sur les vieux créneaux du castel, devenant tous les jours
plus pâle et plus faible, et ne trouvant de plaisir à rien, pas
même à voir ses enfants, qu'elle arrosait de ses larmes. Sa tristesse aigrit le Loup-noir; il y eut des reproches qui n'amé-
liorèrent en rien l'état des choses, jusqu'à ce qu'enfin, la pauvre
dame mourut de langueur, pendant qu'elle me portait encore
sur ses bras.

— Une triste histoire, dit Eustache.

— Oui, en vérité; que de fois ne m'a-t-elle pas fait pleurer, quand la vieille femme me la racontait pendant les longues soirées d'hiver. Voyez, ceci est une sainte relique que ma mère portait toujours sur elle; après sa mort, ma nourrice me la mit au cou, et depuis lors elle ne m'a jamais quitté. Quand j'eus assez de raison pour être page, et ce fut pour moi de bonne heure, mon père m'emmena avec lui pour me faire faire ma première excursion. Nous revenions joyeusement, chargés de butin, lorsqu'une bande de cent et cinquante hommes, au moins, nous assaillit dans la forêt; nous avions trente braves, ils tombèrent autour de nous. Il me semble voir encore le tumulte, la grosse massue qui menaçait de m'écraser, le bouclier de mon père abritant ma tête, et je crois presque entendre sa voix, lorsqu'il me dit : « Ne bronche pas, mon brave louveteau! » Mais la massue s'abaissa, homme et cheval tombèrent ensemble, et, étourdi par le coup, je ne vis plus rien du combat. Mais revenant un peu à moi, j'entendis quelqu'un dire :

— Ce louveteau bouge, encore un coup d'épée!

Un autre répondit :

— Il a les traits d'Aliénor, je ne puis pas le tuer.

— C'était le fiancé de votre mère? interrompit Eustache.

— Oui, c'était Montagudo lui-même. J'étais au moment de demander miséricorde, mais un nouveau coup m'étendit sans connaissance. Lorsque je revins à moi, tout était tranquille, et à la faveur du clair de la lune, je pus me rendre compte de ma position. Mon réveil ne fut pas des plus doux. Une trentaine de corps pendaient aux arbres, c'étaient nos fidèles hommes d'armes, et ma tête reposait sur la poitrine du cadavre de mon père. On nous avait épargné la pendaison, parce que nous étions de sang noble; mais mon père et mes trois frères ne respiraient déjà plus. Le comte de Béarn avait juré de mettre fin aux ravages du Loup-noir, et, se joignant pour cela aux Montagudo, ils nous avaient surpris, en lâches traîtres qu'ils étaient.

— Et vous, Gaston?

— Je n'étais pas grièvement blessé; bientôt je pus me tenir sur mes pieds, mais où aller? Je pris le chemin de notre castel, le Béarnais m'y avait précédé, et je vis les flammes sortir par toutes les fenêtres. J'étais affaibli par la perte de mon sang, et accablé par le spectacle qui s'offrait à mes regards, je retombai bientôt privé de sentiment; je ne me serais jamais relevé, si deux Bénédictins, qui voyageaient pour le service de leur couvent, ne m'avaient secouru. Les bons moines tremblaient en passant par la contrée du Loup-noir, mais ils eurent pitié de moi ; ils me rappelèrent à la vie, et quand ils eurent appris mon histoire, ils se détournèrent pour donner la sépulture chrétienne à mon père et à mes frères. Ces religieux étaient de saints hommes ; aussi par égard pour eux, j'ai toujours depuis respecté le capuce. Ils me soignèrent presque aussi bien que vous, et me conduisirent à leur couvent, où ils auraient bien voulu me garder. Mais j'avais trop de la nature du loup, et avant qu'un mois fût écoulé, je m'étais montré un disciple si récalcitrant, qu'ils furent bien empressés de m'ouvrir les portes du cloître. Je me mis en route pour chercher fortune, sans un denier, sans autre chose que l'épée que j'avais retirée de la main de mon père. Je voulais prendre du service, chez n'importe qui me promettrait de me venger du comte de Béarn. Je dormis une nuit sur le penchant d'une colline, le lendemain je jeûnai, et le troisième jour, je rencontrai la troupe de sir Perduccas d'Albret. Je l'avais vu chez mon père. Il écouta mon récit, vit que j'étais fort et ardent ; il savait d'ailleurs qu'un d'Aubricour ne ferait pas honte à ses hommes, et il me prit en qualité de page ; de là..... mais l'histoire serait trop longue, je suis devenu ce que vous me voyez.

— Et vous n'avez plus jamais revu le castel d'Aubricour ?

— Une seule fois. D'Albret se mit à rire lorsque je le sommai de me venger sur le comte de Béarn, et me dit d'attendre que je le rencontrasse sur un champ de bataille. Quant à mon héritage, il n'y avait pas à y penser. Une fois, que les temps m'étaient durs, après que j'eus rompu avec sir Nèle Loring et sa troupe, je pris mon cheval, et me rendis à Aubricour. Mais je n'ai trouvé que la montagne nue et les murs noircis par le feu. Il y avait, à la vérité, un misérable pasteur et sa femme ; ils tremblèrent et parurent consternés, en apprenant qu'un des Aubricour vivait encore ; mais il aurait fallu que j'emportasse un de leurs agneaux pour leur faire desserrer les dents. Ainsi je me remis en route pour chercher du service, et j'eus la bonne fortune de rencontrer sir Reginald, au moment de la mort du vieux Harnwood.... Mon nom, mon bouclier et mon bras, qui j'espère, n'a fait honte ni à l'un ni à l'autre, voilà tout ce que je tiens de mon père.

— Votre histoire est bien étrange, Gaston ; dans mon paisible pays, on ne pourrait soupçonner de pareilles existences. Sans patrie, sans amis, je ne comprends pas comment vous pouvez être toujours aussi gai et avoir l'esprit aussi léger.

— Un cœur gai traverse la vie avec aisance, répondit Gaston, en souriant. Je n'ai rien à perdre, et pas de chagrins pour me faire perdre mon temps. Mais ne devez-vous pas sortir ce soir, sir Eustache? vous avez parlé de chercher à avoir des nouvelles du prince?

Eustache sortit accompagné de son homme d'armes, John Ingram; mais tout ce qu'il put apprendre, fut qu'Edouard avait fait faire des remontrances à Don Pedro, sur le délai qu'il mettait à payer les subsides promis.

·CHAPITRE VII.

La sorcière.

Comme Eustache s'en retournait à sa tente, son attention fut attirée par des gémissements provenant d'un misérable petit réduit presque souterrain.

— Ecoute! dit-il à Ingram. N'entends-tu pas se plaindre?

— Ce sont des Castillans, sir chevalier! Quand on pense que ces brutes se résignent à vivre dans des troncs qui ne seraient pas même convenables pour des porcs.

— Mais il m'a semblé entendre des paroles anglaises; écoute, John!

Et en effet, des invocations en anglais se mêlaient à des plaintes et à des cris réitérés.

— Une châsse d'argent à saint Joseph de Glastonbury! A Notre-Dame de Taunton, un chandelier d'argent. Oh! saint Dunstan!

Eustache n'hésita plus, il se baissa, entra dans la hutte, et, au bout de quelques instants, il distingua au milieu des ténèbres, Léonard Ashton lui-même, étendu sur un tas de joncs moisis, et tellement changé, qu'on aurait eu peine à reconnaître en lui,

le jeune homme fort, robuste et plein de vie, qui avait quitté
les Lances de Lynwood, seulement cinq semaines auparavant.

— Eustache! Eustache! s'écria-t-il en apercevant son ancien
compagnon. Est-ce vraiment vous? Ce sont les saints qui vous
ont envoyé à mon secours!

— Oui, c'est bien moi, Léonard, répondit Eustache; et
j'espère pouvoir vous aider. Comment se fait-il......

— Donnez-moi votre main, que je puisse m'assurer que c'est
vous en chair et en os, s'écria Léonard, se soulevant et serrant
la main d'Eustache entre les siennes qui brûlaient comme des
charbons; baissant alors la voix, il dit d'un ton d'horreur :

— C'est une sorcière!

— Qui? demanda Eustache en faisant le signe de la croix.

Léonard indiqua du doigt une sorte de cloison qui divisait la
hutte en deux, et derrière laquelle on apercevait une vieille
femme décrépite, se penchant sur un chaudron placé sur le
feu. Léonard couvrit sa figure de son manteau, et retomba sur
sa couche en tremblant de tous ses membres. Le chevalier frissonna, et le géant, John Ingram, pâle comme la mort, se signait
sans relâche.

— Oh! emmenez-moi d'ici, Eustache, ou je suis un homme
perdu, corps et ame!

— Mais comment êtes-vous venu ici, Léonard?

— Il y a trois jours que je suis tombé malade, et craignant
la contagion, sir Guillaume Gelton ordonna que l'on m'emportât
du camp; ses hommes d'armes, les voleurs! me dépouillèrent
de tout ce que je possédais, et me laissèrent dans ce trou de
chien, aux soins de cette vieille mégère. Oh! Eustache, je lui
ai entendu réciter ses prières au rebours, et enfin, cette nuit...
Oh! cette nuit! à l'heure fatale, il est entré... j'en ferais le
serment, une procession de sept chats noirs, tenant chacun une
torche à la flamme bleuâtre; ils ont dansé autour de moi, puis,
un d'entre eux a posé sa patte sur ma poitrine et a fixé sur moi
ses yeux flamboyants. Je l'ai vu grossir, jusqu'à ce qu'il ait
atteint la taille d'un bœuf; son poids était intolérable, et pendant tout le temps qu'a duré le charme, je n'ai pas pu desserrer
les dents assez pour dire un Ave Maria. Enfin mon front s'est
couvert d'une sueur froide, et je serais mort à l'instant, si, par
un violent effort, je ne fusse parvenu à faire le signe de la
croix; alors toutes ces bêtes monstrueuses ont tournoyé sau-
vagement autour de moi, et je suis tombé... Oh! je suis tombé

à des lieues de profondeur ! jusqu'à ce qu'enfin vers le matin, je me suis trouvé seul avec cette détestable sorcière qui m'arrosait la figure avec de l'eau. Oh ! Eustache, emmenez-moi d'ici !

Tels étaient alors les temps, qu'Eustache Lynwood, malgré tout son bon sens et la culture de son esprit, ajouta une foi implicite aux rêves creux de l'imagination en délire du pauvre Léonard, et les regards qu'il jetait de temps en temps sur la vieille Espagnole, exprimaient assez son horreur et son aversion. Ne voyant plus dans Léonard que le compagnon de son enfance, il lui promit de le faire conduire sans retard à sa propre tente.

— Mais ne vous en allez pas... ne me quittez pas, dit Léonard d'une voix suppliante, en s'attachant à Eustache comme un enfant à sa nourrice.

— Non, je resterai avec vous, répondit Eustache. Et toi, Ingram, va chercher quatre hommes d'armes, avec la litière qui a servi à transporter maître d'Aubricour, de Bourgos ici. Dépêche-toi, te dis-je.

Ingram, les paupières dilatées d'horreur, ne parut que trop heureux de quitter cet antre, il hésitait cependant :

— Je ne vous laisserai pas ici, sire chevalier.

— Merci, merci, John, répliqua le jeune banneret, mais je dois et je veux rester. Comme chrétien, je puis défier le mauvais esprit et tous ses satellittes.

John partit. Léonard ne fut jamais aussi porté que dans ce moment, à se féliciter de l'éducation cléricale de son ami, et de sa qualité de chevalier, considérée encore dans ce temps comme une chose si sainte, que la présence d'un nouveau membre de l'ordre était regardée comme une assurance de la protection céleste. La vieille femme, qui était une très-bonne créature, malgré son extérieur repoussant, se réjouissait de voir son malade visité par un ami. Elle s'avança vers eux, et s'adressa à Eustache en prononçant quelques mots qu'il prit pour un sortilège ; mais s'il eût su l'espagnol, il aurait compris que ce n'était qu'un compliment très-flatteur. Léonard serra plus fortement la main de son libérateur, et Eustache, faisant de nouveau le signe de la croix, récita une des prières des exorcismes. La vieille langue castillane avait tant de ressemblance avec le latin, que la pauvre femme comprit l'invocation d'Eustache ; elle s'épuisa en protestations qu'elle était une bonne chrétienne, et les deux jeunes gens crurent qu'elle faisait de nouveaux efforts pour les ensorceler. Eustache, trouvant

qu'il avait un peu oublié le latin, récita en français et en anglais
tous les exorcismes dont il put se souvenir. Par ce moyen, il
tint la sorcière en échec, et soutint le courage de son compagnon épouvanté, jusqu'à l'arrivée de ses hommes conduits par
Gaston lui-même. L'écuyer dévoué, dans son anxiété sur le sort
de son maître, était venu sur son mulet : sa maigreur et sa
pâleur auraient·pu le faire prendre pour un spectre. Il bénit
tous les saints, quand Eustache surgit sain et sauf de ce réduit
tant redouté, et sourit en branlant la tête avec un regard de
malice, quand Léonard fut porté au dehors ; mais son bon cœur
l'empêcha de dire un seul mot de reproche, quand il vit l'état
auquel le pauvre jeune homme était réduit. Au moment où
quatre hommes d'armes se chargeaient de la litière, la vieille
espagnole, paraissant sur le seuil de sa porte, prononça un petit
discours, qu'à l'aide de sa connaissance des langues romanes
de la France méridionale, Gaston comprit être une justification
de son caractère, et la demande d'une récompense pour les
soins qu'elle avait donnés au jeune Anglais.

— Jetez-lui une pièce d'or, sire chevalier, ou elle vous re-
gardera de mauvais œil.... Tiens, vieille sorcière, ajouta-t-il
en patois provençal, prends cela, et remercie les étoiles que ce
ne soit pas avec le feu que nous récompensions ce que tu appelles tes tendres soins.

Les hommes d'armes se promettaient le plaisir de plonger la
sorcière dans l'eau, d'après leur coutume anglaise, mais il se
faisait tard, la nuit commençait à venir et le chevalier donna
des ordres sévères pour que personne ne s'écartât pendant le
retour aux tentes.

Léonard fut déposé sur la couche, que Gaston voulut à toute
force lui céder ; mais son changement de demeure parut lui
être de·peu d'utilité. A peine le calme de la nuit se fut-il ré-
pandu sur le camp, qu'il commença à crier que les chats noirs
l'y avaient poursuivi. Eustache ni Gaston ne purent les voir,
mais ceci ne servit qu'à prouver qu'eux n'étaient pas sous le
pouvoir du charme ; John Ingram soutint que, non-seulement
il avait vu les étincelles de leurs yeux flamboyants, mais qu'il
avait senti aussi leurs griffes au talon, ce qui le fit tomber, le
pied entortillé dans la corde de la tente, pendant qu'il se promenait les yeux fermés.

Le lendemain, les marques des griffes se voyaient sur sa figure,
et dans son indignation, il se mit à la tête de la moitié des

Lances, pour aller administrer un juste châtiment à l'horrible sorcière, mais elle ne se trouva nulle part, il fallut se contenter de brûler sa maison, et ils furent secondés dans cette bonne œuvre par une foule de fainéants. En attendant, Eustache avait fait venir les chapelains du camp, qui prononcèrent les prières de l'exorcisme. Mais une troisième visite de l'ennemi eut lieu, après quoi, la fièvre ayant diminué, Léonard ne fut plus tourmenté par les chats.

Il avait été très-malade, et les remords de sa conscience lui rendaient insupportable la pensée de la mort. Il se repentit sincèrement de l'insubordination et du sentiment de jalousie qui l'avaient amené à se séparer de son meilleur et unique ami. Il n'avait pas cette délicatesse de caractère qui lui aurait fait trouver un reproche dans la générosité d'Eustache; il s'attacha à lui comme à un soutien et recevait ses attentions comme choses dues, mais cependant il reconnaissait qu'il avait agi en insensé, qu'une telle amitié ne devait pas être rejetée, et quand il commença à reprendre des forces, il se montra soumis, reconnaissant jusqu'à un certain point, et décidément moins morose et plus ami de l'ordre.

En même temps, le prince de Galles se sentit assez remis, pour entreprendre le voyage d'Aquitaine, et fatigué des délais et des crimes flagrants de son allié, il résolut de quitter cette fatale terre de Castille.

Un cri de joie qui retentit par tout le camp, accueillit l'ordre de plier les tentes et de se mettre en marche à la fraîcheur du lendemain matin; et, sans rencontrer d'obstacle, le prince Noir ramena en France les restes de son armée.

Sir Eustache Lynwood reçut les éloges les plus flatteurs du prince et même du vieux Chandos, quand il montra la troupe de son frère au complet, et aussi disciplinée que le jour où le commandement lui en fut donné.

— Ceci, disait Chandos, montre qu'il est vraiment digne de ses éperons, pourvu qu'il continue à marcher dans la bonne voie.

L'Angleterre se trouvant alors en paix avec la France, Edouard ne désira pas entretenir les Lances de Lynwood sur le pied de guerre; il offrit donc à leur jeune chef de le prendre parmi les chevaliers qui étaient nourris à sa table, et formaient une partie de sa maison. Ce corps était tellement privilégié, qu'aucune faveur plus grande ne pouvait être offerte. Edouard paya aussi à Eustache une somme très-considérable, pour l'achat de son illustre captif, et cet argent, avec les rançons des deux écuyers prisonniers, le mit en état de récompenser ses fidèles hommes d'armes, dont quelques-uns prirent du service avec d'autres chevaliers, et les autres retournèrent en Angleterre. Léonar dAshton, peu encouragé par les aventures de sa première campagne, et ayant été dépouillé de tout ce qu'il possédait par les associés qu'il s'était si bien choisis, désirait retourner chez son père. Eustache renouvela son équipement d'une manière conforme à son rang, pourvut avec générosité aux frais de son voyage, lui dit un adieu des plus affectueux; mais il le vit partir sans regret, trop heureux d'être déchargé devant Dieu de la responsabilité d'un tel jeune homme.

— Le voilà qui s'en va, dit Gaston : j'aimerais bien à entendre les contes qu'il va faire aux bonnes gens de Somerset. Je parie qu'il leur fera accroire que c'est lui qui a pris Du Guesclin, et que c'est par méprise que le prince vous a créé chevalier.

— Ses récits sur la sorcière seront monstrueux, répondit Eustache. Cependant, je trouve qu'il a beaucoup gagné pendant cette expédition : son humeur est moins morose, et ses manières moins rudes.

— Oui, répliqua Gaston, s'il ne devait connaître d'autre autorité que la vôtre, je crois que l'arbrisseau disgracieux pourrait être redressé. Vous avez un calme et une sérénité de caractère, auxquels il ne peut résister et que je ne puis comprendre. Ce n'est pas manque de fierté, mais vous paraissez ne jamais voir ni relever ce que l'on fait pour vous offenser. Chez tout autre, je le prendrais pour de la faiblesse.

— Pauvre garçon ! je souhaite qu'il prospère, dit Eustache. Maintenant, Gaston, à nos affaires. Voyons ce qui me reste d'or.

— Ah ! votre bonté pour un ami a bien diminué notre bourse, répondit Gaston.

— Vous n'en souffrirez pas; car j'ai mis de côté pour vous ces trente écus d'or avant de toucher à ma part. Reginald et moi, nous aurions voulu reconnaître tout autrement des services aussi dévoués et affectueux ; l'amitié ne se paie pas avec de l'or.

— S'il s'agit de récompense, répondit d'Aubricour, je suis un débiteur insolvable. Si je n'avais trouvé sir Reginald, je serais en ce moment un routier effréné, sans espérance pour cette vie ni pour l'autre ; sans vous, mes os auraient été broyés depuis longtemps par mes cousins, les loups d'Espagne. Que l'or reste donc dans votre bourse ; il vaut mieux que les gros écus du roi Edouard ne suivent pas tous ceux que j'ai eus jusqu'à présent entre les mains.

— Mais, Gaston, vous aurez besoin de vous équiper à neuf, pour le service de sir Guillaume Beauchamp.

— Comment? Que voulez-vous dire, sir Eustache? Qu'ai-je fait pour que vous me congédiiez de votre suite?

— En vérité, mon bon Gaston, ce serait une honte à moi de permettre qu'un écuyer aussi accompli se trouve, grâce à ma pauvreté, le seul suivant d'une bannière qui ne conduira plus jamais au combat une troupe égale aux Lances de Lynwood.

— Non, sir Eustache, je ne vous quitte pas ; rappelez-vous les paroles de votre frère : Gaston, ne retournez pas à vos anciennes voies, ni à vos anciens camarades... et si vous me rejetez, que puis-je faire autre chose? Car ayant une fois servi un banneret, personne qu'un banneret n'aura le secours de mon bras. Où trouverai-je un autre que vous, qui se soucie si je suis mort ou vivant?.... Ainsi tout finit là.... serrez vos écus, ou plutôt donnez-m'en un pour acheter une nouvelle bride à Brigliador, car celle qu'il porte actuellement ne répond pas à son mérite.

Gaston d'Aubricour resta donc attaché au service d'Eustache, tandis que le fidèle homme d'armes anglais, John Ingram, leur servait de domestique. Le temps passa vite à la cour de Bordeaux ; le galant Bertrand Du Guesclin fut rendu à la liberté, après avoir employé deux fois sa rançon à libérer quelques-uns de ses frères d'armes ; et Enrique de Trastamare étant rentré en Castille, fut de nouveau proclamé roi par les populations. Don Pedro ayant tâché de l'assassiner, tomba sous l'épée de son frère ; ce tragique événement rendit nulles toutes les conséquences de l'expédition anglaise.... Toutes, excepté la cruelle maladie qui minait le tempérament de l'héritier d'Angleterre, et la désolation de la douairière de Lynwood-Castel.

CHAPITRE VIII.

Deux ans après.

Deux ans s'étaient écoulés depuis la bataille de Navaretta,
lorsque sir Eustache Lynwood reçut des mains d'un chevalier,
nouvellement arrivé d'Angleterre, une lettre du père Cyrille.
Le vénérable chapelain le priait de retourner au plus tôt à Lynwood, car la dame Eléonore était bien malade, et désirait lui
parler d'affaires très-importantes.

Il obtint facilement un congé, traversa la France sain et sauf,
et, ayant passé le détroit, se retrouva avec bonheur dans son
pays natal. Il arriva tard à Burton, et le temps devenait très-
sombre ; mais empressé de revoir le foyer de ses pères, il continua son chemin, bien que le crépuscule eût fait place à la
nuit ; d'épais nuages voilaient fréquemment la lune, et se dé-
chargeaient en violentes averses. Le silence de la route n'était
interrompu que par les bénédictions de Gaston au climat
d'Angleterre, et par le clapotement des pieds des chevaux dans
les flaques d'eau qui couvraient les chemins.

Ils se trouvèrent enfin sur le penchant de la petite colline,
ou plutôt de l'ondulation de terrain, qui conduisait à la vallée
verdoyante de Lynwood. Les lumières du vieux castel commençaient à scintiller dans les ténèbres comme des étoiles.... de
bonnes étoiles, à la vérité, pour le jeune chevalier qui les contemplait avec affection, se sentant encore une fois chez lui.

— Je m'étonne, dit-il, de si bien distinguer les lumières de
l'aile orientale du château. Je ne croyais pas que la lampe de
la chapelle se fît voir de si loin !

Comme il s'approchait, les hautes murailles les dérobèrent à
sa vue, et, quelques instants plus tard, il se trouva devant le
grand et sombre manoir. Il donna du cor, mais Ferragus recula
au moment de franchir le pont-levis, et Eustache s'aperçut qu'il
était levé :

— C'est singulier, dit-il en renouvelant son signal.

Mais ce fut en vain, les échos des bois environnants répondirent seuls à son appel.

— Ralphe a donc perdu l'ouïe, dit-il.

— Qu'il soit sourd comme un pot, répondit Gaston, il n'est pas le seul habitant du château. Essayez encore une fois, sir Eustache.

— Ecoutez ! j'ai cru entendre ouvrir la porte du vestibule, dit Eustache.

— Non !...

— Que peut-il leur être arrivé ?

— Mes dents claquent de froid, dit Gaston, et les chevaux seront perdus si nous restons immobiles sous la pluie tombante. Ne pouvons-nous pas aller pour la nuit à l'hôtellerie du village, et revenir demain matin leur faire compliment sur leur honnêteté.

— Il faut que je m'assure que rien de malheureux ne leur est arrivé, dit sir Eustache en descendant de cheval; je puis traverser le fossé sur un des supports du pont.

— Et moi avec vous, sire chevalier, dit Gaston, sautant à terre, tandis qu'Eustache avançait avec précaution sur un côté du madrier étroit et mouillé, qui servait de support au pont quand il était baissé.

Gaston le suivit, se balançant pour maintenir l'équilibre, et non sans quelque difficulté, ils atteignirent heureusement l'autre bord. Eustache poussa les lourdes portes, mais elles étaient fermées à l'intérieur par une énorme barre de bois.

— C'est extraordinaire, murmura-t-il. Suivez-moi, Gaston ; je trouverai une entrée, à moins que Ralple ne soit plus avisé que je ne le suppose.

Ils avancèrent à tâtons entre les murs et le fossé jusqu'à l'autre côté du château. Eustache s'arrêta devant une porte basse ; un petit craquement se fit entendre, le loquet céda sous la pression de sa main et la porte s'ouvrit. Il monta alors un escalier de pierre pratiqué dans l'épaisseur de la muraille, prévenant de temps en temps son écuyer, lorsqu'il y avait une marche cassée. Après avoir monté pendant assez longtemps, Gaston l'entendit ouvrir une autre porte, et, bien qu'au milieu des ténèbres, il comprit qu'ils étaient parvenus dans un lieu plus spacieux.

— Le passage du vestibule à la chapelle, dit tout bas le chevalier.

Tâtant le mur, ils s'avancèrent jusqu'à ce qu'un bruit confus de voix frappât leurs oreilles, et une lumière se fit voir derrière un rideau épais qui fermait l'entrée du passage. S'arrêtant un instant, ils entendirent ces paroles prononcées par une voix tremblante de crainte et d'anxiété :

— C'était lui-même ! la longue plume, la brillante armure, et sur sa poitrine la croix qu'on pouvait distinguer à la lumière de la lune !... Oh ! c'était sir Reginald lui-même, et le fougueux jeune écuyer français qui a succombé avec lui en Espagne !....

On entendit une exclamation étouffée et le bruit de plusieurs personnes qui se pressaient l'une contre l'autre. Eustache tira le rideau, entra dans la salle et fut accueilli par un cri aigu et prolongé, qui le fit d'abord repentir d'avoir alarmé sa sœur ; mais la place d'Eléonore était vide, et un tressaillement de douloureuse appréhension le rendit immobile et muet, quand il s'aperçut que le rideau qu'il tenait était noir, et que le vestibule était entièrement tendu de la même couleur.

Les domestiques restèrent pétrifiés autour du foyer. Bientôt, un beau et blond garçon, se frayant un passage, sortit du milieu de ces gens consternés, s'avança vers Eustache et dit d'une voix tremblante :

— Sire, êtes-vous l'esprit de mon père ?

Le rire de Gaston contrasta péniblement avec cette scène lugubre, mais le chevalier, se baissant et étendant la main, répondit à l'enfant :

— Arthur, je suis ton oncle Eustache. Où est ta mère ?

Arthur lui sauta au cou, en poussant un cri de joie, et le tint étroitement embrassé. Au même moment, le vieux Ralphe s'écria en levant les mains vers le Ciel :

— Béni soit Dieu, de ce que mon jeune seigneur est revenu, et que je le vois encore une fois de mes yeux.

— Mais où donc, où est ma sœur ? demanda encore Eustache comme son regard rencontrait celui du père Cyrille, qui, attiré par les cris des domestiques, venait d'entrer dans le vestibule.

— Mon fils ! répondit le bon père avec gravité, votre sœur est là, où les méchants ne la trouveront plus. Voilà trois jours qu'elle a quitté cette terre de douleur.

— Oh ! si elle avait vécu jusqu'à ce jour, dit Ralphe Penrose, elle n'aurait plus eu de soucis.

— Ses vœux sont exaucés, interrompit le père Cyrille. Venez avec moi, mon fils Eustache, si vous désirez jeter un dernier regard sur celle qui vous aimait et se confiait si pleinement en vous.

Eustache le suivit jusqu'à la chambre où le corps inanimé de Lady Eléonore gisait étendu sur sa couche funèbre. Ses traits amaigris et tirés et qui portaient les traces de ses longues souffrances, étaient encore beaux, jusque dans la mort. Eustache s'agenouilla, récita les prières d'usage et contempla longtemps cette figure si calme ; son cœur se gonflait et ses yeux étaient pleins de larmes, car il avait aimé la douce Eléonore avec la confiante affection d'un jeune frère. Il pensa à ce temps heureux, au premier jour brillant de son enfance solitaire, lorsque la joyeuse cavalcade descendit du penchant de la colline, et que lui, partagé entre la joie et la timidité, fut conduit par sa mère à la rencontre de la jeune épouse de son frère. Comme elle avait illuminé le triste vieux manoir, et donné, pour ainsi dire, une nouvelle existence à son jeune beau-frère, jusque là enfant solitaire et rêveur !... avec quelle affectueuse patience elle avait soigné sa belle-mère... et combien heureuses avaient été les longues soirées où elle écoutait si volontiers Eustache lui raconter ses rêves d'exploits lointains et glorieux. Il n'y eut donc rien d'étonnant à ce qu'il la pleurât comme un frère pleure une sœur aînée.

Le père Cyrille, heureux de voir que la sensibilité du cœur de son élève ne s'était point émoussée au contact du monde, le laissa considérer pendant quelques instants les restes mortels d'Eléonore ; posant ensuite la main sur son bras, il lui dit :

— Elle jouit maintenant du repos. Ne regrettez pas que ses douleurs soient finies, ses larmes essuyées, mais préparez-vous à remplir ses derniers désirs, à répondre à ses prières que Dieu a exaucées en vous ramenant ici au moment de la plus grande nécessité.

— Ses derniers désirs ? répéta Eustache. Ils seront accomplis tant que j'aurai un souffle de vie. Oh ! pourquoi ne suis-je pas arrivé à temps pour les entendre de sa propre bouche et lui engager ma foi que j'y serais fidèle ?

— Ne regrettez pas que sa confiance ne demandât plus d'appuis humains, répondit le père Cyrille. Elle se confiait en Dieu et mourut dans la ferme croyance que son enfant serait bien gardé, et voilà que son protecteur arrive ; car si mon cœur ne me trompe pas, mon fils Eustache n'a rien perdu des qualités de l'adolescent qui nous quitta, il y a quatre ans.

— Si j'ai changé, ce n'est pas dans mon amour pour le foyer paternel, et pour tous ceux qui y demeurent, répondit Eus-

tache; ou, pour mieux dire, je les aime plus qu'autrefois.
Combien peu me suis-je attendu à une pareille douleur !

Il y eut encore un long silence ; Eustache le rompit enfin en
disant :

— Quelle est la nécessité dont vous me parliez ? Quel danger
craignez-vous ?

— Ce n'est pas ici le lieu de s'occuper des trames des méchants, si ce n'est pour demander à Dieu leur conversion,
répondit le chapelain. Retournons dans la salle commune, et
là je vous raconterai tout.

Eustache hésita quelques instants encore, poussant ensuite un
profond soupir, il suivit le bon prêtre dans la pièce voisine où il
trouva Gaston et Ingram qui venaient de pourvoir au soin des
chevaux, et Ralphe qui s'occupait à faire préparer un repas
pour les voyageurs.

— Mon bon vieil ami, dit Eustache en tendant la main à Ralphe, je ne vous ai pas bien accueilli. Il faut attribuer ma froideur
à la triste nouvelle qui m'a fait oublier toute autre pensée ; car
il n'y a jamais eu personne que j'aie revu avec plus de plaisir
que vous.

— Tout a été la faute de la réception que nous vous avons,
sir Eustache, répondit Penrose. Je devrais m'arracher les cheveux en pensant que vous n'avez eu d'autre bienvenue que des
portes barrées et des cris de hiboux ; mais vous pouvez difficilement vous imaginer, combien le son de votre cor a frappé
notre oreille d'une manière étrange au milieu de la tempête. Ce
n'est pas étonnant que, hors de nous de douleur, nous ayons
cru que c'était l'esprit de notre bon seigneur porté sur le vent
mugissant.

— Cependant, dit Arthur, j'ai reconnu le son de votre cor,
mon oncle, et je serais allé à la fenêtre de la tourelle, si Mistress Cicely ne m'eût retenu, et quand on a envoyé Jocelyn,
le poltron de varlet a rapporté le conte que vous avez interrompu.

— Ne vous vantez pas, maître Arthur, dit Gaston ; vous
avez cru, tout aussi bien que les autres, que nous étions des
revenants.

— Au moins, il est venu courageusement au-devant de nous,
dit Eustache. Mais pourquoi toutes ces précautions ? Pourquoi
le pont est-il levé ? Ce n'est sûrement pas pour vous défendre
contre un revenant ?

— Hélas ! sir Eustache, nous avons au dehors des ennemis redoutables, répondit Ralphe.

— Avec votre permission, maître d'Aubricour, ajouta-t-il, comme l'écuyer se disposait à aider le chevalier à se défaire de son armure, personne que moi ne servira sir Eustache cette première nuit de son retour ; mille grâces à saint Dunstan de nous l'avoir ramené !

Eustache ne témoigna pas la plus légère impatience pendant plusieurs minutes que le vieillard essaya, mais en vain, de détacher les agrafes.

— Peste soit de ces nouvelles modes d'armures ! s'écria enfin Ralphe ; c'est ce corselet échancré qui a causé la mort de sir Reginald. J'ai toujours dit que rien de bon n'adviendrait de ces changements.

Avec le temps, Eustache fut débarrassé de sa pesante armure ; mais quand Ralphe le vit avec son simple justaucorps de peau de daim, il secoua tristement la tête, désappointé de voir qu'il n'avait atteint ni la taille, ni la grosseur de son père ou de son frère, et qu'il était toujours mince et délicat. Les éperons d'or et l'épée de Du Guesclin réjouirent cependant le cœur du vieillard, qui ne les touchait qu'avec respect ; il fit ensuite asseoir son maître dans le grand fauteuil au haut bout de la table, et commença à le presser de manger.

Eustache était trop triste et trop inquiet pour désirer prendre de la nourriture ; longtemps avant que le repas fût fini, il se leva de table et demanda qu'on lui rendît compte de ce qui était arrivé pendant son absence ; car dans ces temps, on n'avait pas l'idée de plus d'intimité dans la conversation, que celle que l'on obtenait en se réunissant autour du foyer, tandis que les gens de service demeuraient un peu à l'écart. Le chevalier tenait d'une main son petit neveu, qui s'appuyait affectueusement sur lui ; le père Cyrille et Gaston se rapprochèrent, et le vieux Ralphe s'assit dans son coin accoutumé, le coude appuyé sur les genoux, le menton dans sa main, se délectant dans la jouissance de revoir son élève bien-aimé. En réponse à la question :

— Quel est l'ennemi que vous craignez ? il n'y eut qu'une réponse donnée sur différents tons : le seigneur de Clarenham !

— Ah ! s'écria Eustache en s'adressant à Arthur, c'est donc avec raison que votre père, en vous confiant à moi sur le champ de bataille de Navaretta, m'a recommandé de me tenir en garde contre notre cousin Foulques ?

— A-t-il dit cela? demanda le père Cyrille.

— A-t-il commis l'enfant à votre tutelle? Formellement et devant des témoins?

— Je puis l'affirmer, mon bon père, dit Gaston; oui, et Ingram a aussi dû l'entendre, pour ne rien dire de Du Guesclin.

— Et Léonard Ashton, dit Eustache.

— C'est bien, répondit le père Cyrille; Léonard sera ici demain pour être confronté avec Clarenham. C'est la tutelle de l'enfant, qui est la chose essentielle et qui pesait le plus sur le cœur de mylady.

— Clarenham prétend donc y avoir des droits? demanda Eustache.

En réponse à cette question, le père Cyrille continua son récit dont voici la substance.

Simon de Clarenham, comme nous l'avons vu, avait obtenu du roi Edouard, pendant la régence d'Isabelle et de Mortimer, la concession du manoir de Lynwood; mais après la chute de la reine-mère, le propriétaire légitime avait été rétabli dans ses droits, sans cependant qu'aucune révocation formelle de la concession eût été obtenue. Sachant qu'il ne faudrait qu'une parole de sir Reginald pour la faire annuler, Simon et Foulques de Clarenham avaient cherché de leur mieux à lui faire oublier l'existence de cet acte; mais aussitôt que la nouvelle de la mort du chevalier parvint en Angleterre, Foulques commença à profiter de la faiblesse du jeune héritier de Lynwood.

Il envoya demander le paiement des redevances dues par les vassaux à leur suzerain, lors de l'avènement d'un nouveau seigneur; Eléonore s'y refusa avec indignation, et alors Clarenham réclama la tutelle d'Arthur, non-seulement en sa prétendue qualité de supérieur féodal, mais aussi comme le plus proche parent majeur de l'enfant. Cette demande fut de nouveau rejetée, et les craintes des habitants de Lynwood furent portées à leur comble, par une tentative que fit Clarenham pour égarer Arthur, un jour que l'enfant se promenait à cheval avec un domestique, dans le voisinage du château, et s'en emparer de vive force. Le fidèle dévouement des villageois de Lynwood fit avorter l'entreprise; mais le choc que lady Eléonore en reçut, acheva d'ébranler sa santé déjà fort altérée par les chagrins de son veuvage. Elle ne permit plus jamais à son fils de franchir l'enceinte du manoir, tremblait toutes les fois qu'elle le perdait de vue, et

passait souvent des heures entières à prier au pied des autels...
Tout son espoir reposait sur son beau-frère Eustache. Elle comptait sur lui pour soumettre au roi la position précaire du jeune héritier de sir Reginald, et surtout pour le défendre contre les injustes agressions des Clarenham, que leur parenté rendait d'autant plus dangereux. Elle ne croyait pas que l'on en voulût à la vie de l'enfant; mais la maison de Foulques était devenue tellement déréglée, que sa mère et sa sœur s'étaient vues obligées de se retirer dans un couvent; et ce que la noble dame entendait dire des excès du seigneur et de sa suite, lui faisait redouter plus que la mort d'y laisser séjourner Arthur, quand même Foulques n'aurait eu aucun intérêt à lui nuire.

Son plus ardent désir en ce monde fut de revoir Eustache pour lui confier son fils, mais quand elle se sentit mourir, elle obtint du père Cyrille la promesse qu'il conduirait l'enfant à l'abbaye de Glastonbury, où il le laisserait sous la protection de l'abbé, en attendant que son oncle revînt, ou que les machinations de Foulques fussent déjouées par un appel au roi.

Telle était l'intention du père Cyrille. Foulques, comme le plus proche parent de la défunte, devait nécessairement assister à ses funérailles, mais le père Cyrille avait résolu de tenir Arthur dans le sanctuaire de la chapelle, jusqu'à ce qu'il pût le faire partir avec les douze moines qui venaient le chercher au nom de leur abbé, alors malheureusement indisposé. Sir Philippe Ashton avait aussi été invité, dans l'espoir que sa présence serait un frein pour Clarenham.

CHAPITRE IX.

Le service funèbre.

La cloche de la chapelle commença à tinter dès la première lueur du jour, et le son des cloches de la paroisse lui répondit aussitôt. La cour commençait à se remplir de villageois, de

pauvres, de pèlerins et de moines mendiants de divers ordres.
Tous se dirigeaient vers les communs, où chacun reçut, des
mains du pannetier, une bonne portion de pain, de viande et
de bière. L'aumônier présidait à cette distribution, et demandait
des prières pour l'ame du noble sir Reginald Lynwood, et pour
celle de son épouse, Dame Eléonore de Clarenham. Les paysans
de Lynwood, et les indigents qui avaient si souvent ressenti les
effets de la généreuse charité de la châtelaine, répondirent par
des larmes et des bénédictions données en sa mémoire. Il ne
manquait pas non plus, à cette scène, les accompagnements ordinaires dans ces temps-là... les jongleurs et les saltimbanques
qui faisaient leurs tours dans un coin.

Dans le vestibule, tout était triste, sévère et solennel, con-
trastant avec la foule bigarrée qui remplissait la cour. Le petit
Arthur, vêtu de noir, debout à côté de son oncle, recevait les
hommages de ses vassaux, qui venaient un à un les lui offrir,
avec une courtoisie gauche, mais avec un grand respect et une
affection véritable, et en témoignant une vive satisfaction du
retour inattendu du jeune chevalier.

Ensuite arrivèrent les douze moines de Glastonbury, montés
sur leurs beaux mulets. Eustache et son neveu les reçurent
avec révérence à la porte et les conduisirent à travers le vestibule jusqu'à la chapelle, où, depuis l'aurore, le curé de la
paroisse, le père Cyrille et plusieurs ecclésiastiques du voisinage, chantaient l'office des morts. Sir Eustache échangea
quelques mots avec le frère Michel, qui avait été chargé par
l'abbé de veiller à la sûreté de l'enfant, et de le conduire, si
la chose était possible, à Glastonbury. Le bon moine apprit
avec joie que le chevalier se chargeait entièrement de son neveu,
afin de ne point compromettre l'abbaye, avec un aussi formi-
dable ennemi que lord de Clarenham.

Sir Philippe Ashton et son fils ne tardèrent pas à arriver, et
purent à peine en croire leurs yeux, lorsqu'ils aperçurent Eustache. La cordialité avec laquelle Léonard avait d'abord salué
son ami, subit tout à coup un changement marqué; gêné appa-
remment par quelque réminiscence subite, il se retira à l'écart,
devint morose et embarrassé, et jouait avec son poignard,
tandis que sir Philippe prodiguait des compliments à Eustache.
Le bruit d'une troupe à cheval appela bientôt le chevalier à
la porte pour recevoir lord de Clarenham. Arthur envisagea sir
Foulques avec un regard où se joignaient la curiosité et le

défi ; tandis que Foulques, de son côté, aurait volontiers grincé des dents, dans sa colère, à la vue du seul homme qui pouvait déjouer ses projets. Il jeta un coup d'œil sur sa suite nombreuse et bien équipée, la compara avec le petit nombre des vassaux de Lynwood, et complètement rassuré par un autre regard sur la personne si frêle de son jeune adversaire, il rendit les salutations d'Eustache avec une cérémonieuse hauteur.

Toute la compagnie se mit alors en marche vers la chapelle. La messe de *requiem* fut chantée, et le corps de lady Eléonore, renfermé dans un cercueil de pierre, fut descendu dans le lieu de son repos : le caveau des ancêtres de son mari.

Midi était passé, lorsque le banquet fut servi dans la grande salle ; il y avait une table élevée et placée sous un dais pour les principaux convives ; deux autres longues tables s'étendaient de chaque côté pour les hommes liges et les vassaux, tous armés d'un poignard, d'un sabre court ou d'un bâton de garde forestier.

Sir Philippe Ashton et frère Michel firent tous les frais de la conversation. Eustache faisait les honneurs du repas, avec une grave courtoisie, en ayant grand soin d'avoir Arthur toujours à côté de lui. Chacun sentait que la tempête allait éclater ; mais tout en apparence était calme, triste et cérémonieux. Enfin frère Michel et les moines de Glastonbury, se réjouissant intérieurement d'éviter le conflit, prirent congé du jeune chevalier, montèrent sur leurs mulets et s'éloignèrent, conservant, il est vrai, toute l'intégrité de la bonne entente qui existait entre le couvent et la maison de Lynwood, mais néanmoins, l'abandonnant à l'heure de la lutte, comme Eustache ne put s'empêcher de le sentir.

—Il se fait tard, dit lord de Clarenham en se levant ; sellez les chevaux, Gautier, et vous, mon petit cousin Arthur, vous devez désormais être mon hôte. Allez donc vous préparer pour le voyage.

Arthur serra fortement la main de son oncle, qui répondit :

—Je vous remercie, au nom de mon neveu, de l'hospitalité que vous lui offrez ; mais je me propose de le conduire tout de suite à Bordeaux, pour le faire recevoir parmi les pages du prince.

— Le conduire à Bordeaux, sire chevalier ? répondit sir Foulques en ricanant. A Bordeaux, vraiment ! Il est heureux pour vous, mon beau jeune cousin, que mes droits à votre tutelle soient irrécusables ; car si je permettais qu'on vous éloignât de

l'Angleterre, je prévois facilement *qui* reviendrait réclamer le
fief de Lynwood.

— Quels droits avez-vous à sa tutelle, sir Foulques? demanda froidement Eustache, dédaignant de relever la grossière
allusion qui lui était adressée.

— Mes droits sont fondés sur ma supériorité féodale et sur ce
que je suis son plus proche parent majeur, répliqua Clarenham.

— Plusieurs ici pourront certifier que j'ai vingt et un ans,
depuis la dernière fête de saint Eustache, répondit le jeune chevalier. La maison de Lynwood ne reconnaît aucun suzerain hors
le roi d'Angleterre, et la tutelle de mon neveu m'a été commise
par son père et par sa mère. Voici une preuve de la vérité de
mes paroles. Mon bon père, le parchemin, s'il vous plaît?

Le père Cyrille déploya un épais rouleau pourvu de nombreux cachets; c'était le dernier testament de dame Eléonore
Lynwood qui léguait, par cet acte, la tutelle et le soin du mariage de son fils, à son bien-aimé frère, sir Eustache Lynwood,
chevalier banneret, et, en son absence, au seigneur abbé de
Glastonbury, et à Cyrille Langton, clerc.

— Cela ne prouve rien, dit Clarenham, repoussant le parchemin. Lady Lynwood n'avait pas le droit de tester sur cette
affaire, puisqu'elle a illégalement retenu son fils dont je suis
le tuteur né.

— La validité du testament pourra être discutée par les juges
du roi, répliqua Eustache; mais j'ai d'autres droits. Mon frère,
sir Reginald, m'a confié son fils en mourant.

— Quelle preuve en donnez-vous, sir Eustache? dit Foulques.
Je ne doute pas de votre parole, mais on exige quelque chose
de plus; quand il s'agit d'affaires légales; et vous pouvez difficilement attendre que nous croyions que sir Reginald aurait
commis son unique enfant à la garde d'un aussi jeune homme,
et après Arthur, son plus proche héritier?

— Je suis ici pour le prouver, mylord, interrompit vivement
Gaston. A tes soins je le confie, Eustache, dit sir Reginald,
comme il gisait, la tête appuyée sur la poitrine de son frère, et
il me semble qu'il a ajouté, sois en garde contre Clarenham.
N'est-ce pas la vérité, ami Léonard?

La réponse de Léonard se fit attendre. Sir Philippe lui parlait
à l'oreille, mais le jeune homme fronçait les sourcils, remuait
les pieds et haussait les épaules d'une manière très-peu respectueuse pour son père.

— Parlez, maître Ashton, dit Clarenham d'un ton de froide incrédulité, et fixant sur le père et le fils un regard expressif. Je dois ajouter foi à votre témoignage respectable et désintéressé.

— Que voulez-vous dire par là, sir Foulques? cria Gaston, pour qui me prenez-vous ?

— Certains bruits qui courent sur votre compte, sire écuyer, et sur celui de vos associés, ne me permettent pas d'estimer la parole d'un gascon plus qu'elle ne vaut.

— C'est trop fort! s'écria Gaston, frappant la table de son poing; vous osez le dire, parce que je ne suis pas votre égal ! Tenez, vils écuyers, n'y en a-t-il pas un parmi vous qui ramasse mon gant, quand je déclare à votre maître qu'il en a menti, et qu'il calomnie lâchement un gentilhomme honorable.

— N'y touchez pas, je vous le défends, dit Clarenham : à moins que maître d'Aubricour ne vous prouve qu'il ne connaît point un certain Borgne-basque, et qu'il n'a jamais pris part à aucune des expéditions du pillage du chevalier routier, Perduccas d'Albret.

— Et qu'est-ce que cela ferait? cria Gaston avec fureur.

— C'est assez, sir écuyer, dit froidement Foulques.

Gaston allait donner libre cours à sa rage, quand le geste et la voix si calme d'Eustache l'arrêtèrent.

— Sir Foulques, dit Eustache, si vous aviez été à Bordeaux, vous sauriez que la parole et le caractère de Gaston d'Aubricour sont estimés à l'égal de ceux de nos plus illustres chevaliers.

— Mais en attendant, répondit Clarenham, il faut que nous croyions cela et bien d'autres choses sur votre simple assertion, sir Eustache. Encore une fois, maître Léonard Ashton, que j'entende votre témoignage sur les dernières volontés de sir Reginald Lynwood ; je consens à m'en tenir à votre parole.

— Allons, Léonard, lui dit son père qui avait continué tout ce temps à lui parler à l'oreille, parle tout haut; il est possible que tu sois affligé de désappointer un ancien ami, mais on ne peut te faire un reproche du défaut de tes oreilles.

— Sir Philippe, je vous prie de ne pas influencer votre fils, dit Eustache. Parlez, Léonard, sur votre honneur. Avez-vous, oui ou non, entendu les paroles de mon frère mourant, sur le bord de la Zadorra?

Léonard se leva à moitié comme pour avancer, mais son père le retint. Il baissa les yeux et murmura entre ses dents :

— Oui, à la vérité, j'ai entendu sir Reginald dire quelque chose.

— Dites-le donc.

— Il remercia le prince de vous avoir fait chevalier, il le
pria d'avoir soin de sa femme et de son enfant, il recommanda
à Gaston de ne pas retourner à ses mauvaises voies, dit Léonard
prononçant ces sentences à de longs intervalles.

— Et puis, dit Eustache avec sévérité, quand le prince
s'éloigña? sur votre honneur, Léonard !

Léonard se tordit presque sous le regard d'Eustache.

— Quelque chose.... quelque chose.... il a pu dire d'élever
son fils en vrai chevalier.... mais.... mais.... qu'est-ce que j'en
sais? ajouta-t-il comme son père lui marchait rudement sur le
pied. Tout vous a été dit à l'oreille; car il était couché sur
votre poitrine, et la voix devint si faible, que je n'ai pu rien
entendre de plus à travers mon casque.

— Maître Asthon, dit Ingram en se jetant en avant, si je me
souviens bien, vous aviez rejeté votre casque, disant qu'il brûlait
comme un chaudron rougi au feu ; et d'ailleurs, notre bon chevalier, quand il parla de maître Arthur, se releva un peu et
parla plus haut pour que nous pussions tous entendre et en
prêter serment.

— Pas de témoins hormis votre suite, sir Eustache? demanda Clarenham.

— Non, répondit Eustache, à l'exception d'un seul dont
vous n'oserez guère dénier la parole, messire Bertrand Du
Guesclin.

— Je ne dénie la parole d'aucun homme, répliqua Foulques.
Je dis seulement que tant que vos droits ne seront pas prouvés
au banc du roi, je suis le gardien légitime du domaine et de
l'héritier de Lynwood. Le lord chancelier Wykeham pèsera la
valeur qu'il doit attacher à la parole de ce très-respectable
écuyer, de cet homme d'armes à longues oreilles ; on enverra
au delà des mers pour avoir le témoignage de Du Guesclin....
en attendant, je remplis mon devoir. Suis-moi, Arthur.

— Je ne vous suivrai pas, lord Foulques, répondit l'enfant.
Ou quand je vous suivrai, ce sera l'épée à la main pour vous
demander compte des larmes que vous avez fait couler à ma
douce mère.

— Elevé dans la même folie! s'écria Foulques. Encore une
fois, sir Eustache, ou dois-je employer la force?

— J'ai juré sur le corps de sa mère de le protéger contre
vous, répliqua froidement Eustache.

— Pensez aux conséquences, sir Eustache, dit sir Philippe Ashton, s'avançant vers lui. Rappelez-vous la concession faite aux Clarenham et qui n'a pas été révoquée. Le manoir de Lynwood peut être repris à tout instant, et, après votre neveu, vous en êtes l'héritier. Vous ferez sa ruine et la vôtre.

— C'est sa personne et non ses terres que j'ai juré de protéger, répondit Eustache. Que lord de Clarenham fasse ce qu'il voudra; il vaut mieux que mon neveu soit un homme sans avoir, qu'un homme tel qu'il le deviendrait entre les mains de sir Foulques.

— Pensez, continua sir Philippe, combien il est désavantageux à votre cause d'élever un conflit dans une pareille circonstance. Croyez-moi, donnez votre main, et lâchez l'enfant, du moins jusqu'à ce que l'affaire soit jugée par le lord chancelier.

— Jamais! répondit Eustache. Ses parents me l'ont confié, et je remplirai ma promesse. Que le scandale du conflit soit au compte de celui qui l'occasionne!

Ashton, se retournant alors vers Foulques, ajouta :

— Souvenez-vous, mylord, que ceci peut être mal interprété. Ces guerriers sont bouillants et emportés, et le jeune chevalier a, dit-on, hérité de toute la faveur de sir Reginald auprès du prince.

— Je ne serai pas mené par un enfant, répliqua Clarenham, poussant de côté le vieux baron. Écoutez, sir Eustache. Vous avez été élevé à une hauteur qui vous fait tourner la tête, vos yeux ont été éblouis de la dorure de vos éperons, et vous vous êtes imaginé être un homme. Mais dans votre pays et dans votre famille, on ne supporte pas vos grands airs. Nous vous évaluons à votre juste prix et nous ne nous laissons pas tromper par les contes faits à plaisir que les vaniteux damoiseaux de la cour du prince racontent l'un de l'autre. Renoncez à ces prétentions, allez rejoindre vos compagnons à Bordeaux, et nous oublierons votre insolente intervention.

— Jamais, tant que je vivrai, répliqua Eustache. Vassaux de Lynwood, protégez votre jeune seigneur.

— Vassaux de Lynwood! cria Foulques, voulez-vous voir votre jeune seigneur emporté dans une région inconnue, et vous-mêmes laissés en proie à un aventurier, à un routier?

— Quant à cela, mylord, répliqua un vieux fermier, si la renommée dit vrai, maître Arthur apprendra beaucoup moins de

mal avec sir Eustache que dans votre joyeuse maison. Moi,
tout le premier, je soutiendrai à toute extrémité le frère de
notre bon seigneur. Que dites-vous, camarades ?

— Hurrah ! pour les Lances de Lynwood, s'écria John
Ingram, et le cri fut répété par maintes grosses voix, jusqu'à
ce que les voûtes en retentissent, tandis que le cri opposé de :
Clarenham ! Clarenham ! fut élevé par la suite de sir Foulques.
Au même moment, Eustache prit son neveu dans ses bras et
l'éleva dans l'embrasure de l'une des plus hautes fenêtres. Sir
Philippe Ashton s'efforçait de maintenir la paix, mais toutes
ses supplications se perdirent dans le tumulte.

— Cédez ! cédez, mylord... Pensez seulement, (mais ici
Clarenham le jeta de côté)... Sir Eustache, écoutez, je vous en
prie... c'est une affaire de conseil... au nom du roi... pour
l'amour du ciel... Léonard, mon fils ! Léonard ! au nom de Dieu,
qu'as-tu à te mêler de cette affaire?... Dépose cette épée, et
suis-moi !... N'entends-tu pas, téméraire enfant?... Notre nom
sera compromis dans l'affaire!... Léonard, ton devoir... Ha...
prends garde !... là !

Ces dernières paroles restèrent inachevées ; Gaston en s'élançant en avant pour rejoindre son maître, renversa la table qui,
dans sa chute, entraîna sir Philippe. Le vieux gentilhomme
resta embarrassé sous les planches, et fit trébucher grand nombre
de combattants, qui, tombant sur lui, se relevaient ou restaient
à terre sans cesser de lutter les uns contre les autres.

Après quelques instants d'une mêlée générale, le tumulte
s'apaisa ; les principaux de chaque parti continuèrent seuls à
combattre, et comme la fortune du jour dépendait de l'issue de
cette lutte, les hommes s'appuyèrent sur leurs armes, regardant
avec une attention intense, et prêts à reprendre, en temps et
lieu, leur part de la bataille.

Foulques qui était grand et robuste, paraissait beaucoup plus
fort que son jeune et frêle antagoniste, mais trois ans passés
à l'école de la chevalerie n'avaient pas été perdus pour Eustache, et l'épée de Du Guesclin était dans une main qui savait
la manier. Le vieux Ralphe prononçait tout bas des exclamations
extatiques.

— Ha ! bien frappé !... un coup parfait... prends garde !...
Ah ! voilà un beau coup !... c'est parfait !... le coup de maître
du vieux sir Henry !... là... un de vos coups français de revers
de sabre !... celui-là dit quelque chose... Oh ! prenez garde...

Saints du ciel, veillez sur lui... Aye... là !... suivez-le !,.. Hur-rah pour Lynwood ! s'écria-t-il quand Foulques chancela, glissa, puis fléchit un genou et reçut un grand coup de revers de sabre qui l'étendit par terre.

— Hurrah pour Lynwood ! retentit dans le vestibule.

Mais Eustache coupa court aux clameurs, en disant :

— Paix, mes amis ; et merci ! Sir Foulques de Clarenham, ajouta-t-il, comme son ennemi tombé commençait à se relever, vous avez reçu une leçon dont vous profiterez, j'espère. Quittez la maison dont vous avez violé le deuil, et rendez grâces à notre parenté, si je renonce à faire connaître au roi l'outrage que vous nous avez fait.

Tandis qu'Eustache parlait, Foulques, aidé de deux ou trois de ses vassaux, s'était remis sur pied ; sans être blessé, il était tellement étourdi par le dernier coup qu'il avait reçu, que passif entre leurs mains, il se laissa conduire dans la cour, et replacer sur son cheval. Avant de franchir le pont, il se retourna, et, fermant le poing, jeta un regard de colère sur Eustache en grommelant : « Vous me le paierez. » Un autre cri de : « A bas le traître Clarenham ! Hurrah pour les Lances de Lynwood et le brave jeune chevalier ! » fut poussé dans la cour par les paysans, qui haïssaient tellement Foulques, que la crainte de sa vengeance ne put les empêcher d'exprimer tout haut leur joie de sa défaite. Peut-être aussi espéraient-ils boire à la santé du vainqueur ; car bien des physionomies exprimèrent le désappointement, quand Eustache leur dit du haut du perron :

— Merci de votre bonne volonté, mes amis. Dieu vous soit en aide ! partez en paix et restez fidèles à notre jeune seigneur. Se tournant alors vers le curé, il ajouta à demi-voix : Veillez à ce qu'ils quittent le château au plus vite. Les portes devront être fermées le plus tôt possible.

Il rentra alors dans le vestibule et trouva à la porte le petit Arthur qui, lui prenant la main, s'écria :

— Ainsi vous m'avez gagné, et vous me garderez toujours, oncle Eustache. Mais entrez ; le pauvre vieux sir Philippe que la chute de table a renversé pendant la lutte se lamente piteusement.

— Est-il blessé ? demanda Eustache, qui tout froissé qu'il était de la conduite de sir Philippe, lui conservait encore un certain respect héréditaire.

Il le trouva assis sur un fauteuil, soutenu par le père Cyrille

et un homme d'armes, se plaignant et se lamentant de ses
meurtrissures, interrompant parfois ses plaintes pour ordonner
de seller ses chevaux sans délai.

— Vous ne devriez pas tant vous hâter, sir Philippe, dit
Eustache. Je regrette vivement cette mésaventure ; mais restez
avec nous pour voir si le repos vous remettra.

— Rester ici ? répéta sir Philippe en frissonnant. Non, non,
mon jeune ami, et je ne voudrais voir ni vous ni aucun autre
rester ici plus longtemps qu'il ne faut pour seller un cheval.
Hélas ! hélas ! je vous plains !... j'ai tant aimé votre père !...
Regardez par la fenêtre, Léonard ; a-t-on sorti les chevaux ?

— Mais pourquoi vous presser ? demanda Eustache. Vous êtes
gravement contusionné ; laissez le père Cyrille vous soigner.

— Mille remercîments, sir Eustache, mais... Ah ! mon dos !...
mais je ne resterais pas pour tout au monde sous ce toit... Je
ne ferais que m'exposer au danger, sans vous être d'aucun secours. Hélas ! hélas ! faut-il que je sois tombé au milieu d'une
telle bagarre... J'en suis fâché pour vous, mon brave jeune
chevalier !

— Je vous remercie, sir Philippe, mais je ne sais ce que j'ai
fait pour mériter votre compassion.

— Jeune homme ardent et téméraire ! soupira sir Philippe en
branlant la tête... Les chevaux sont-ils prêts?... A moi, Léonard !
donne-moi la main, aide-moi à me lever.... Ah ! ah !.... pas si
vite... Oh ! je n'en guérirai jamais ! Là ! Remarquez bien que
j'ai fait tout ce que j'ai pu pour empêcher cette malheureuse
affaire... Je m'en lave les mains... Adieu, sir Eustache ; prenez
le conseil d'un vieillard, cédez l'enfant, et quittez le pays avant
qu'il en advienne pis.

— Que peut-il en arriver ? demanda Eustache. Clarenham a fait
une tentative injuste et honteuse pour se saisir de la personne
de mon pupille. Je l'ai repoussé par la force des armes, et il me
semble qu'il ne se souciera pas d'appeler sur cette affaire l'attention de la justice.

— Ah ! vous parlez avec courage ; mais avant d'arriver à mon
âge, vous comprendrez ce que c'est d'avoir pour ennemi,
l'homme le plus puissant du comté, même de la cour ; car votre
antagoniste, lord Clarenham, est l'ami intime du comte de
Pembroke. Soyez sur vos gardes, mon jeune ami.... soyez sur
vos gardes

Quand tous les convives furent partis, le chevalier, le chapelain, l'écuyer et le sénéchal tinrent conseil. Le résultat de leur délibération fut, que la sûreté d'Arthur étant le point essentiel, son oncle le conduirait immédiatement à Bordeaux auprès du prince afin de le placer sous sa protection. On eut quelque peine à persuader à Eustache de fuir ce qu'il appelait ses accusateurs. Pour le déterminer, le bon père fut obligé de lui rappeler avec un sourire que la patience et la soumission étaient des vertus aussi nécessaires sous le casque que sous le capuce. Le père Cyrille devait en attendant soumettre l'affaire au chancelier William Wykeam, et Eustache lui donna des lettres pour le duc de Lancastre et sir Richard Ferrare, espérant qu'ils recommanderaient sa cause.

Eustache reçut alors des mains du prêtre un sac de pièces d'or, son héritage comme fils cadet. Il en donna une partie pour être distribuée en aumônes, une autre resta encore en dépôt entre les mains du chapelain, et il garda le reste pour subvenir aux frais du voyage. Il se retira ensuite et alla prendre un peu de repos pendant cette dernière nuit de son court séjour à Lynwood-Castel.

CHAPITRE X.

La calomnie.

Sir Eustache et sa petite suite se mirent en marche dès la pointe du jour ; Arthur se tenait toujours entre son oncle et Gaston. Ils voyagèrent toute la journée. Des provisions qu'ils avaient apportées avec eux leur servirent de dîner qu'ils firent à la joie d'Arthur sur un banc de gazon, au bord d'un ruisseau. Vers le soir, ils s'arrêtèrent devant une grande hôtellerie dont le portique était ombragé par une vigne. L'hôte et ses valets accoururent pour les accueillir, mais en les voyant, ils parurent désappointés. Lorsque le chevalier demanda un souper et des lits, l'hôte répondit qu'il pouvait à la vérité leur servir un repas et loger leurs montures, mais que tous les lits de l'hôtellerie étaient retenus pour deux nobles dames et leur suite que l'on attendait d'un moment à l'autre.

— Bon! dit Eustache; nous nous contenterons d'une botte de foin à côté de nos chevaux, ou d'un banc auprès du feu... Voici un avant-goût de la vie d'un guerrier, mon petit Arthur.

L'enfant était enchanté, bien persuadé que c'était beaucoup plus beau et plus homme de dormir à côté de son poney que de se mettre au lit comme une dame dans son manoir.

Leurs arrangements étaient à peine faits, qu'on entendit le bruit d'une cavalcade, et une troupe d'hommes d'armes approchèrent de la porte. Arthur tressaillit, poussa un cri de détresse et serra la main de son oncle en reconnaissant les couleurs de Clarenham.

— N'aie pas peur, Arthur; ils viennent d'un côté opposé au nôtre... ce n'est pas une poursuite. Vois, c'est une escorte... il y a des dames parmi eux.

— Quatre! répondit Arthur. Oncle, cette grande dame en noir doit être lady Muriel. Et sûrement le voile blanc attaché avec un ruban rose, nous dérobe la figure de ma bonne cousine Agnès.

— C'est vrai! ce ne sont pas des Clarenham dont il faille nous défendre, dit Eustache à son écuyer qui paraissait se disposer à combattre. Lady Muriel, la belle-mère du baron, est ma marraine, et par naissance une Lynwood. »

S'avançant alors, il aida la plus âgée des dames à descendre de cheval; elle reconnut sa courtoisie par une légère inclination comme à un étranger; mais sa jeune compagne qui avait légèrement sauté à terre, n'eut pas plutôt reconnu le chevalier qu'elle s'écria : « Eustache! » puis posant sa main sur le bras de lady Muriel : « Mère, c'est sir Eustache Lynwood. »

— Ha! mon galant filleul? dit la baronne en l'embrassant cordialement. Quelle heureuse rencontre! Il n'est pas étonnant que je n'aie pas reconnu sous cette armure de chevalier, le petit page de ma parente. Comment va ma douce nièce Eléonore?

— Hélas! vous n'avez donc pas appris les tristes nouvelles? dit Eustache.

— Nous avons su qu'elle était malade de chagrin, répondit lady Muriel très-alarmée; mais que voulez-vous dire? Est-elle plus mal? Vous pleurez.... sûrement elle vit encore?

— Ah! noble dame, nous venons de la déposer dans la tombe. Voici son petit orphelin.

La jeune lady Agnès ne put retenir un cri de douleur et de saisissement. Lady Muriel et sa suivante la conduisirent à leur appartement pour éviter les regards de tous les gens qui remplissaient l'auberge. Eustache fut très-ému de sa douleur. Agnès avait souvent accompagné sa belle-mère à Lynwood-Castel; pendant les jours paisibles de son enfance, elle était peu considérée dans sa propre famille, son père pensant qu'elle ne lui ferait pas beaucoup d'honneur; son frère ne s'en souciait guère, et sans l'affection de sa belle-mère, elle aurait peu goûté les douceurs de la vie domestique. Eustache en la voyant ainsi négligée et délaissée, avait résolu de l'en dédommager, il voulait déposer à ses pieds les trophées que ses rêves d'avenir lui faisaient entrevoir, et se promettait qu'elle serait honorée à cause de lui.

Eléonore avait été du petit nombre de ceux qui surent apprécier et aimer, selon son mérite, la jeune damoiselle de Clarenham, et elle l'avait encouragée à surmonter l'excessive timidité qui neutralisait tant de nobles et belles qualités. Agnès la pleura comme une sœur et pouvait encore à peine étouffer ses sanglots, quand Eustache et son neveu furent invités à venir raconter les tristes détails de leur malheur.

Bien des larmes furent répandues et maintes caresses furent données au petit orphelin. Lady Muriel demanda ce qu'il allait devenir, et, en apprenant qu'on le conduisait à la cour de Bordeaux, Agnès s'écria :

— Nous aussi nous y allons. Je dois m'y rendre avec sir Foulques. Ne serait-il pas mieux qu'Arthur voyageât avec moi ? Nous en aurions le plus grand soin; cet arrangement lui épargnerait plus d'une privation difficile à supporter à son âge, et sa présence me serait un soulagement, presque une protection. Mon petit Arthur, voulez-vous être mon compagnon de route?

— J'irais volontiers avec vous, cousine Agnès, parce que vous êtes bonne et douce et que je vous aime bien ; mais le fils d'un brave chevalier doit apprendre à s'endurcir, et en outre, je n'irais pas avec sir Foulques votre frère; car il est un chevalier faux et cruel qui a persécuté ma sainte mère jusque dans les bras de la mort.

— Est-ce possible? Oh! parlez, Eustache! dit Agnès. Que veut dire l'enfant? Foulques s'est-il conduit autrement qu'un bon parent ?

La baronne qui connaissait mieux que sa fille le caractère de sir Foulques, et qui savait bien la vieille inimitié qui existait entre les deux maisons, attendit avec une vive appréhension la réponse d'Eustache.

— Ah! Lady, il m'est dur de vous attrister le cœur deux fois dans un jour; cependant, puisqu'on a déjà tant dit, il vaut mieux vous révéler toute la vérité.

Il raconta alors tout ce qui s'était passé au sujet de la tutelle d'Arthur. Les yeux d'Agnès se remplirent de brûlantes larmes d'indignation.

— O ma noble mère! s'écria-t-elle, ramenez-moi à notre couvent! Comment pourrai-je voir mon frère? Comment dissimuler ma colère et ma honte?

— Les choses sont bien pires que je ne le pensais, dit lady Muriel. Je connaissais le caractère ambitieux et peu délicat de Foulques, mais je ne le croyais pas capable d'une aussi criante injustice. Quant à vous, ma douce Agnès, plût au ciel que je pusse lui persuader de vous laisser dans la paix du cloître... mais, hélas! je n'ai pas le droit de vous dérober à la tutelle de votre frère.

— De tout temps, j'ai appréhendé ce voyage, dit Agnès; mais maintenant que je connais Foulques, je n'aurai personne près de moi en qui mettre ma confiance. Hélas! hélas!...

— Oh! chère Agnès, dit Eustache, il sera un bon frère pour vous... il ne peut être autrement.

— Comment l'amour et la confiance peuvent-ils se trouver là où il n'y a pas d'estime? O ma mère! c'est en vérité un cruel isolement! Qui me protégera, qui me soutiendra dans cette cour étrangère?

— Il y a un bras... commença la baronne.

— Oui, noble dame, il y a un bras, interrompit vivement Eustache, qui s'estimerait trop honoré, s'il pouvait être employé à votre service.

— Je ne parle pas d'un bras de chair, dit lady Muriel d'un ton de reproche, et Eustache baissa la tête, je parle de ce Dieu si bon qui ne manquera jamais à l'orphelin opprimé.

Il y eut une pause. Eustache la rompit.

— Il est une faveur que j'ose implorer de votre bonté, dit-il. Plus d'un conte mensonger, plus d'une noire calomnie seront débités à mon sujet, bien des personnes y ajouteront foi, mais que ce soit comme Dieu le voudra! mon cœur n'en sera point attristé, tant que je saurai que vous ne les croyez pas.

— Sir Eustache, répondit lady Clarenham, je vous ai connu depuis votre enfance, et il me serait difficile de croire quelque chose de déshonorant de l'élève de sir Reginald et d'Eléonore.

— Oui, sir Eustache, ajouta Agnès, si je ne pouvais plus me fier à vous, je penserais que la foi, l'honneur et la vérité ne se trouvent plus nulle part sur la terre.

— Et maintenant, dit lady Muriel qui trouvait que la conversation avait été assez longue pour renouveler une ancienne et bien chère connaissance, maintenant, Agnès, il faut que nous prenions congé de notre bon parent, car il voudra sans doute se remettre en route dès le point du jour.

Eustache se leva, fléchit le genou, baisa la main des dames et se retira... Agnès pleura de nouveau la mort de sa chère Eléonore, les fautes de son frère, et pria ardemment le Seigneur de protéger Eustache et Arthur, contre la vengeance de lord Clarenham... Lady Muriel soupira, en prévoyant les chagrins qui ne manqueraient pas d'éprouver encore la résignation de sa fille et de son filleul bien-aimé.

Un des vassaux de Clarenham céda sa couche à Arthur ; le lendemain matin de bonne heure, Eustache réveilla l'enfant, et la petite troupe, montant à cheval, se mit de nouveau en route.

Les Lances de Lynwood, comme il plaisait à Arthur de nommer leur petite bande, parvinrent sans autres aventures jusqu'à Rennes, capitale de la Bretagne, où Jean de Montfort tenait sa cour. Là on reçut la nouvelle que Charles V avait sommé le prince de Galles de comparaître pour répondre à un appel fait contre lui par les habitants de l'Aquitaine. Edouard répondit qu'il comparaîtrait en effet, mais qu'il serait suivi de dix mille chevaliers et écuyers, et la guerre avait déjà recommencé.

Cette nouvelle augmenta le désir qu'avait Eustache d'arriver à Bordeaux ; cependant il ne pouvait traverser le pays ennemi sans s'exposer à la mort ou à la captivité ; et même le duc Jean, allié par affection et reconnaissance au roi Edouard qui lui avait aidé à reconquérir sa couronne, avait peine à contenir la haine des Bretons envers les Anglais. Il assura Eustache que lui donner un sauf-conduit serait le moyen de le faire piller et assassiner en secret, au lieu de le laisser courir la chance d'être fait prisonnier dans un combat au grand jour et mis à rançon.

Si Eustache avait été seul avec ses braves guerriers, il se serait fié à leurs bonnes épées, mais exposer Arthur à un danger aussi imminent, c'eût été justifier les calomnies de

Foulques. Il fut donc obligé d'accepter l'offre que Jean de Mon-
fort lui fit de rester à sa cour jusqu'à l'arrivée d'un nombre
suffisant de chevaliers anglais que les bruits de guerre ne manqueraient pas d'attirer.

Il n'attendit pas moins de deux mois, pendant lesquels lui et
Gaston sentirent cruellement leur inaction forcée. Enfin, ils apprirent qu'un détachement des grandes compagnies passait à
Rennes pour aller offrir ses services au prince de Galles. Eustache se joignit à eux, et, après quelques jours de marche, se
retrouva avec bonheur dans les domaines de la maison de
Plantagenet.

La soirée était bien avancée lorsque le jeune chevalier franchit les portes de Bordeaux, et alla chercher la demeure du bon
vieux négociant gascon, chez lequel il avait toujours logé. On
lui fit un cordial accueil; il s'informa aussitôt des nouvelles les
plus récentes, et apprit que, malgré une légère amélioration
dans la santé du prince, on ne parlait pas de rentrer en campagne; la guerre continuait seulement contre les châteaux-forts.
On lui dit que sir John Chandos ayant fait au prince des représentations un peu vives au sujet d'une taxe sur les feux, s'était
retiré dans la province qu'il gouvernait et ne paraissait presque
jamais au conseil. Et ici le vieux gascon s'étendit en de si
longues et lamentables complaintes sur la dureté de cette même
taxe, qu'Eustache eut de la peine à le faire répondre à sa
question, si un baron anglais du nom de Clarenham était arrivé
à Bordeaux... Il était venu en effet et était en grande faveur
à la cour, où sa suite brillait parmi les plus splendides.

Cette nouvelle n'était pas rassurante, mais Eustache résolut
d'aller le lendemain présenter son neveu au prince de Galles,
aussitôt après le repas du midi, heure à laquelle tous les sujets
de la maison de Plantagenet étaient admis en audience publique.

Dès que le banquet fut desservi, mais avant que les chevaliers
ne se fussent retirés, Eustache parut dans le vestibule, tenant
Arthur par la main et accompagné de Gaston. En traversant
l'espace compris entre les deux tables dressées pour la suite du
prince, il s'étonna de ne recevoir presque aucun salut amical
de la part de tant de personnes si bien connues. Quelques-uns
feignaient de ne pas le connaître, d'autres rendirent ses salutations avec une froideur marquée; ceux-ci regardèrent par la
fenêtre, ceux-là parurent s'absorber dans leurs coupes de vin.

Entre ces derniers, se trouva Léonard Ashton, qu'Eustache.

à sa grande surprise, vit assis parmi les chevaliers. Il traversa ainsi la salle jusqu'au dais sous lequel dînait le prince Noir avec ses convives les plus distingués. Là, sir Eustache s'arrêta et fixa sur lui un regard plein d'anxiété. Hélas ! qu'il le trouva changé ! Edouard était assis sur son fauteuil richement sculpté, enveloppé dans un manteau de velours qu'il croisait sur sa poitrine malgré la chaleur bienfaisante d'une belle journée du printemps méridional ; son coude s'appuyait sur le bras du fauteuil, et sa joue transparente reposait sur une main si blanche et si délicate qu'on aurait pu la prendre pour celle d'une femme ; ses yeux étaient fixés à terre, et une expression de souffrance, ou de pensée chagrine, assombrissait cette physionomie jadis si ouverte et si pleine d'une noble sérénité... Les yeux d'Eustache se remplirent de larmes en contemplant ces débris d'une si belle nature, et il se reporta en esprit au jour plein d'espoir et d'avenir, où son frère le présenta pour la première fois à Edouard.

Il hésitait encore, lorsque le prince, levant les yeux, rencontra ce grave et triste regard, mais il n'y répondit que par un air mécontent et sévère. Eustache cependant s'avança, et, fléchissant le genou, lui dit :

— Monseigneur, je viens me mettre à vos ordres et implorer pour mon neveu la protection que vous lui avez gracieusement promise.

— C'est bien, sir Eustache Lynwood, répondit froidement Edouard, faisant un geste de la main comme pour le congédier. Et vous, enfant, venez ici, ajouta-t-il au moment où Arthur, voyant son oncle se relever, se disposait à le suivre. J'ai beaucoup aimé votre père, dit-il en posant sa main sur les cheveux bouclés du petit garçon ; et vous trouverez en moi un ami fidèle, tant que vous ne vous montrerez pas indigne du nom que vous portez.

Malgré l'espèce de crainte avec laquelle il sentait cette royale main s'appuyer sur sa tête, malgré sa vénération pour le héros et le prince, l'enfant leva sur Edouard un regard grave, suppliant, plein de reproche, comme s'il méprisait une faveur qui contrastait si fort avec le dédain témoigné à son oncle... Mais le prince n'y fit point attention, et se levant de son siége :

— Ton bras, Clarenham, dit-il. Allons chez la princesse lui présenter son nouveau page. Suivez-moi, Arthur.

Arthur jeta un regard de douleur sur son oncle, encore debout devant l'estrade, et suivit tristement le prince, qui, s'appuyant sur le bras de sir Foulques, quitta le vestibule, traversa une galerie et entra dans un grand appartement, à l'extrémité duquel se trouvait une espèce de trône, orné des armoiries et des devises de l'héritier d'Angleterre. Deux riches fauteuils étaient élevés sur deux marches; l'un était occupé par Jéhanne Plantagenet, princesse de Galles, autrefois la belle pucelle de Kent, dont les traits conservaient encore cette majestueuse beauté qui l'avait rendue si célèbre dans les jours de sa jeunesse.

Elle se leva pour aller au-devant du prince, et, le regardant avec anxiété, demanda s'il se trouvait fatigué.

— Non, ma belle-princesse, répondit Edouard. Je viens seulement vous présenter un nouveau page : le jeune cousin pour la sûreté duquel mylord de Clarenham a eu tant d'inquiétude.

— C'est donc son oncle qui l'a amené ici? demanda Jéhanne.

— Oui, répliqua Edouard; il l'a conduit jusque dans le vestibule, et a eu la hardiesse de réclamer pour lui la protection que j'avais promise à sir Reginald, alors que je pensais tout autrement de ce jeune Eustache.

— Quelles raisons donne-t-il pour justifier la longueur du temps qu'il a passé en route?

— C'est là le côté le plus étrange de l'histoire, dit Foulques en ricanant, puisqu'il fit croire aux simples habitants de Lynwood qu'il venait en toute hâte réclamer pour l'enfant la protection de Monseigneur... C'est une manière comme une autre d'éluder les enquêtes de la justice par rapport à sa conduite aux funérailles, aussi bien que pour les rentes qu'il a emportées avec lui. Il n'y a pas mal d'inconséquence à lui de ne reparaître à Bordeaux qu'au bout de cinq mois, et dans la société d'une bande de routiers.

— On examinera cette affaire, dit le prince.

— Non, non, Monseigneur, répondit Foulques; j'ose prier votre royale clémence de laisser tomber la chose. Il est encore jeune, et ce serait dommage de jeter du déshonneur sur un nom jusqu'ici sans tache. Puisque mon jeune cousin est maintenant en sûreté, je ne désire plus que de le garantir contre les futures machinations de son oncle. Pour l'amour de son frère, je vous prie, Monseigneur, d'user de clémence envers ce coupable.

— Combien peu ai-je prévu une pareille conduite, quand je l'ai armé chevalier sur le champ de bataille de Navaretta; cependant je me rappelle que même alors le vieux Chandos me reprocha ma précipitation. Pauvre vieux Chandos ! sa langue est rude, mais son cœur est fidèle.

— Et avec la permission de Monseigneur, je dirai, répondit Clarenham, que ce sont peut-être ces honneurs qui ont tourné la tête à ce pauvre jeune homme si absolument abandonné à lui-même ou plutôt livré à un écuyer dissolu que je regrette de voir encore attaché à sa suite. Le titre de chevalier, sans rien pour le soutenir, est en vérité un piége.

— C'est assez ; je suis fatigué de ce sujet, dit le prince s'appuyant contre le dossier de sa chaise. L'enfant est en sûreté, et comme vous le dites, Foulques, c'est là l'essentiel... Appelez ici le troubadour qui était dans le vestibule à midi. Je voudrais avoir votre opinion sur son talent, ajouta-t-il en se tournant vers sa femme.

On peut facilement imaginer l'indignation d'Arthur en écoutant cette conversation. Il était resté immobile à la place où Edouard l'avait présenté à la princesse, et il luttait avec la tentation de confondre Clarenham par la réfutation de ses calomnies ; mais il était trop instruit déjà des règles de la courtoisie, sans parler du respect que lui inspirait le prince, pour oser articuler un mot. Tout ce qu'il put faire fut de s'éloigner autant que possible de Clarenham, et de lui lancer des regards de reproche.

Ses mouvements inquiets furent interprétés comme des signes d'ennui et d'impatience, par une belle et gracieuse jeune fille, lady Maude Hollande, fille de la princesse de Galles, d'un premier mariage, et qui était assise parmi les dames d'honneur de sa mère. Elle tendit amicalement la main à Arthur en lui disant :

— Vous n'avez pas encore appris à vous tenir droit et raide comme les supports d'un écusson, mon gentil page. Venez ici pour que je vous conduise à une société plus appropriée à votre âge.

Arthur la suivit volontiers : au moins, il n'entendait plus mal parler de son oncle, et il perdait de vue le haïssable sir Foulques. Elle traversa le vestibule jusqu'à une porte cintrée qui donnait sur un grand et magnifique jardin, s'étendant en pente jusqu'au bord de la Garonne. Elle regarda de tous les côtés, et, ne voyant personne, fit quelques pas sur le gazon en appelant : « Thomas !... pas de réponse. Edouard !... Harry de Lancastre ! » mais sa voix argentine appelait en vain, jusqu'à ce qu'enfin un domestique sortit d'un autre côté de l'édifice, et, s'inclinant, attendit ses ordres. « Où est lord Edouard ? et les autres ? » demanda-t-elle.

— Ils sont sortis à cheval pour se promener dans le parc, près du couvent de Sainte-Ursule.

— Aucun n'est resté au palais ?

— Aucun, noble lady.

— Aucun, répéta lady Maude, excepté le petit lord Richard, dont la compagnie enfantine n'est pas digne d'un page. Il faudra tâcher de supporter la tranquillité de l'appartement d'une dame, à moins que vous n'aimiez mieux faire de suite connaissance avec le grave maître des damoiseaux.

Arthur aperçut en ce moment une dame qui se promenait lentement dans une allée ombragée, aboutissant à la pelouse sur laquelle il se trouvait; à sa vue, son visage s'illumina d'une joyeuse surprise, et lady Maude, suivant son regard, reprit :

— Lady Agnès de Clarenham? Ah oui! elle est votre parente. Allons à sa rencontre... Puis, comme ils s'approchèrent d'elle... Voici, Agnès, je vous ai amené un petit cousin que le prince vient de présenter à ma mère. Il faisait une si triste figure que, touchée de pitié, j'ai voulu le conduire à ses nouveaux compagnons; mais il paraît qu'ils sont tous allés se promener à cheval. Ainsi je vous le laisserai, car il y a un troubadour dont je désire entendre les chants.

Lady Maude s'éloigna, bien contente d'être déchargée du fardeau que son bon cœur lui avait imposé.

— Arthur ! s'écria Agnès, quelle joie de vous revoir ! Votre oncle est-il venu ?

— Oui, répondit Arthur; mais, hélas !... cousine Agnès ! si vous aviez entendu les viles calomnies que sir Foulques vient de débiter au prince. Oh ! Agnès ! vous désavoueriez votre frère !

— Arthur ! dit Agnès avec angoisse, comment pouvait-il ?... Pourquoi a-t-il tant tardé sur le chemin ?

— Comment pouvions-nous venir, quand le duc de Bretagne lui-même disait que ce serait s'exposer à une mort certaine, ou tout au moins à la captivité ! Nous avons été forcés d'attendre une escorte. Et maintenant, Agnès, pensez que votre frère accuse mon oncle Eustache, d'avoir emporté les rentes de Lynwood, tandis que chaque homme du château pourrait jurer qu'il a seulement pris l'argent de son héritage, laissé en dépôt entre les mains du père Cyrille.

— Hélas! soupira Agnès.

— Et le prince le croit!... le prince le regarde déjà avec froideur, et mon oncle aime le prince plus que sa vie. Oh! il en mourra de chagrin. Agnès! Agnès! que pouvons-nous faire?... Mais vous ne le croyez pas? continua-t-il, en voyant qu'elle pleurait. Vous ne le croyez pas?... vous avez promis de ne pas y croire... Oh! dites que vous n'y croyez pas!

— Je n'y crois pas, Arthur; je n'ai jamais cru la moitié de ce que l'on a dit sur son compte; mais ce long délai a été une rude épreuve pour ma confiance, et a cruellement confirmé leurs mensonges.

— Et pensez que Foulques empêche le prince de s'enquérir de la vérité des accusations portées contre mon oncle, disant qu'il voudrait l'épargner à cause de mon père, tandis qu'au fond, il craint de voir découvrir la noirceur de sa propre conduite! Et Gaston aussi est calomnié! Oh! Agnès, que c'est dur de voir tant de méchanceté, et de ne pouvoir rien faire.

— Rien que pleurer et prier! répondit Agnès. Et, cependant, je puis mieux le supporter maintenant que vous êtes ici. Votre présence réfute la plus méchante des accusations et délivre mon cœur d'un poids insupportable.

— Vous vous méfiez donc de lui?... Je ne pourrai plus vous aimer!

— Jamais je ne me suis méfiée de lui! Je craignais seulement qu'il ne fût arrivé quelque malheur, et je souffrais de voir le parti que l'on tirait de votre absence. Votre arrivée me fera retrouver la joie de mon cœur.

— Vous verrai-je souvent, cousine Agnès? car il n'y a personne autre dont je me soucie dans ce grand palais.

— Oh! si, Arthur; il y a bien vingt pages à peine plus âgés que vous: Lord Thomas Holland, le petit beau-fils du prince, et frère de cette dame qui vous a conduite près de moi; le petit Pierre de Greilly, neveu du captal de Buch; le jeune lord Henry de Lancastre, et le petit prince Edouard lui-même. Vous ne manquerez pas de joyeux camarades.

— Ah! mais à qui pourrai-je parler de ma mère bénie, de mon oncle Eustache, de Lynwood-Castle, du pauvre Blanche-Etoile que j'ai promis à Ralphe de ne pas oublier?

— Eh bien! Arthur, dit gaiement Agnès, c'est le devoir d'un page de servir les dames dans les appartements et aux jardins, et l'office des dames est de leur enseigner des manières courtoises et de leur faire lire et répéter leurs prières : le *Pater*, l'*Ave*, le *Credo*. Vous serez mon page spécial. Est-ce convenu?

— Oh! oui, répondit le petit garçon. Je voudrais savoir si le maître des damoiseaux est aussi sévère que l'a dit cette dame... et quand reverrai-je mon oncle Eustache?

CHAPITRE XI.

Arthur.

Si Arthur se sentait isolé loin de son oncle, sir Eustache ne souffrait pas moins d'avoir perdu de vue l'enfant qu'il avait protégé avec tant de dévouement et qui payait son anxiété par la plus confiante affection. Le bonheur, la faveur et la renommée semblaient aussi l'avoir abandonné. La froideur du prince pesait cruellement sur son cœur, et, quand en descendant le vestibule, il salua ses nombreuses et anciennes connaissances, ses yeux ne rencontrèrent pas un seul regard d'amitié; ses salutations étaient rendues avec une politesse cérémonieuse, une grave et hautaine courtoisie était l'unique accueil qu'il recevait. Blessé jusqu'au vif, il fit signe à Gaston, et bientôt ils se retrouvèrent dans la rue.

— Lâche poltron! s'écria Gaston. Plût au Ciel que je pusse lui faire confesser qu'il en a menti effrontément, et lui enfoncer dans la gorge toutes ses dents ricanantes!

— A qui? de qui parlez-vous?

— De ce mécréant bourru, Ashton! Il a bien fait d'obtenir le rang de chevalier, autrement je le battrais avec ma hallebarde, jusqu'à ce qu'il n'eût plus qu'un souffle de vie; et s'il osait me jeter son gant, je le tuerais comme un vil corbeau. Lui, un chevalier!... Il peut en remercier ses arpents et lord Pembroke.

— Patience, patience, Gaston ; je ne sais pas encore de quoi il m'accuse.

— Non ! il a appris à agir en politique... il ne le dit pas ouvertement... il le nierait comme a fait son écuyer lorsque j'ai voulu l'en taxer! Plût au Ciel qu'il ne pût pas déchiffrer une ligne!... Sir Eustache, avec votre permission, je brûlerai jusqu'au dernier de vos vilains livres.

— Mes innocents amis! Non, non, Gaston... ils sont trop nobles pour mériter un tel sort. Donc, c'est la vieille accusation de sorcellerie dont il s'agit, je suppose? J'étais probablement de connivence avec la sorcière castillane et ses chats, est-ce cela?

— Oui; et son manche à balai ou ses chats vous transportèrent à Lynwood, où vous avez paru tout d'un coup au milieu des serviteurs affligés, porté dans le vestibule par un vent mugissant. Le menteur n'a pas voulu dire comment j'y suis arrivé, de crainte de recevoir un démenti.

— Mais sûrement un tel conte est trop absurde, trop vulgaire pour tromper notre noble prince?

— Oh! il y a une autre version pour ses oreilles. Celle-ci est seulement pour ceux qui ne trouveraient pas mal que vous vous fussiez emparé de votre neveu, jurant que sa mère ne serait pas enterrée, avant qu'on ne l'eût remis entre vos mains avec toutes ses rentes.

— Ceci est la calomnie de Clarenham?

— Oui.

— Et le prince y croit! Oh! comme j'étais loin de penser que la main qui m'a donné l'accolade, se repentirait ainsi du bienfait qu'elle m'a conféré, s'écria Eustache dans l'excès de sa peine.

— Ne jetterez-vous pas de suite votre gant au traître?

— Je ne le puis pas, à moins qu'il m'accuse en face. Le père Cyrille m'a dit que toute agression de mon côté ferait tort à notre cause aux yeux du chancelier, nous devons attendre. Maintenant qu'Arthur est en sûreté, je supporterai le reste. Je suis innocent dans toute cette affaire, et j'ai confiance que méritant par mes œuvres la bénédiction de Dieu, il me rendra la gloire d'un nom, obscurci, il est vrai, mais non terni.

Sa résolution d'attendre avec patience fut bien mise à l'épreuve, car le temps s'écoulait sans rien éclaircir. Les trames de ses ennemis avaient été si habilement ourdies qu'il ne lui restait pas aucun moyen d'obtenir une explication. Les hommes d'armes de Clarenham et d'Ashton semaient partout les calomnies de leurs maîtres, et la seule conséquence des réfutations trop zélées des hommes d'armes de sir Eustache, fut une

querelle entre John Ingram et un vassal de Clarenham, qui finit
pour tous deux par une semaine aux arrêts chez le maréchal
prévôt.

S'il y avait eu quelque tournoi ou autre exercice chevaleresque à Bordeaux, Eustache aurait pu y prendre part, et attirer
l'attention de la cour; mais l'état de la santé du prince ne permettait pas de ces sortes de spectacles. Le jeune chevalier ne
trouvait pas non plus l'occasion de se signaler par des faits
d'armes; aucune armée ne se mit en campagne, et comme nous
l'avons déjà dit, la guerre n'était continuée que par des déta-
chements envoyés pour assiéger et défendre les châteaux-forts
des frontières. Et ici son rang de chevalier banneret lui était
un obstacle insurmontable, l'étiquette ne lui permettant pas de
se mettre sous la conduite d'un chevalier bachelier. Eustache
fut donc ainsi condamné à une vie d'inaction fatigante, et
d'autant mieux sentie, que sa pauvreté le forçait de prendre
ses repas à la table du prince, où la froideur de ses anciens
compagnons ne lui laissait pas oublier les odieux soupçons dont
il était l'objet. Il avait espéré que le prince ne le conserverait
pas dans sa maison, ce qui lui aurait fourni l'occasion tant
désirée de réclamer une audience; mais on lui donnait exactement sa paie, et on paraissait du reste le laisser de côté... Heureusement pour lui, les revers de fortune semblaient ne faire
qu'accroître la gaieté de Gaston. Son enjouement et son tou-
chant dévouement égayaient le chevalier pendant leurs longues
et solitaires soirées. Eustache chercha plus d'une fois à lui persuader de le quitter, mais le fidèle écuyer ne voulait pas en
entendre parler, assurant qu'il était aussi compromis dans toutes
ces accusations que sir Eustache lui-même; et qui voudrait,
disait-il, des services d'un homme compagnon des chats noirs?

Il y avait pourtant deux personnes, qui, comme Eustache
l'espérait, se fiaient encore à sa véracité et à son honneur : son
neveu Arthur et lady Agnès de Clarenham ; mais il ne les voyait
jamais, et quelquefois il s'attristait en pensant à l'impression
que pourrait produire sur eux la croyance universelle. Pour
surcroît de douleur, le bruit se répandit à Bordeaux, que le
baron de Clarenham avait promis la main de sa sœur à Léonard
Ashton.

Une année s'était presque écoulée, depuis qu'Eustache avait
quitté l'Angleterre, et rien n'était changé à sa position. Le déplaisir d'Edouard avait encore augmenté en apprenant que sir

Richard Ferrars s'était adressé au duc de Lancastre, en le priant d'intéresser le roi à la cause d'Eustache de Lynwood ; car en ce moment, le prince était jaloux de l'influence de son frère John de Gaunt, duc de Lancastre, prévoyant qu'elle pourrait être désavantageuse à ses jeunes fils.

L'affaire fut enfin décidée et une lettre du bon père Cyrille apprit à Eustache que le chancelier William de Wykeham, évêque de Winchester, après avoir bien considéré les dernières paroles de sir Reginald, et le testament de lady Eléonore Lynwood, avait prononcé que sir Eustache Lynwood était le seul tuteur légal de la personne et du domaine de son neveu, et avait autorisé tous les arrangements faits au moment de son départ.

L'ensemble des choses commençait à prendre un meilleur aspect. La première indignation contre sir Eustache était tombée, et il était traité en général plutôt avec indifférence qu'avec mépris. Le vieux Chandos s'était un peu rapproché du prince, et venant à Bordeaux, avait fait deux ou trois expéditions auxquelles Eustache se joignit comme volontaire et attira l'attention du vieux chevalier. Sir Foulques de Clarenham aussi, ayant reçu du prince le gouvernement du Périgord, était rarement à la cour, et aucun ennemi actif ne semblait comploter contre le jeune guerrier.

Agnès de Clarenham, toujours timide et pensive, peu recherchée par ceux qui n'aimaient que la gaieté, était assise à part dans l'embrasure d'une fenêtre d'où elle contemplait, par une percée dans le bois environnant, les eaux si bleues de la Garonne ; sa pensée les accompagnait jusqu'à la mer qui la séparait de sa terre natale et de celle qui lui avait servi de mère. Elle était tellement absorbée dans ses souvenirs qu'elle n'entendit qu'à peine des pas qui s'approchaient, jusqu'à ce que les désagréables paroles de : « Mes humbles salutations, lady Agnès, » lui fissent lever les yeux et apercevoir la personne encore plus désagréable de Léonard Ashton. Lui échapper fut sa première idée ; il lui avait toujours été à charge par la lourdeur de son esprit et là rusticité de ses manières ; mais il lui était devenu odieux, depuis qu'encouragé par sir Foulques, il lui offrait des hommages auxquels elle ne savait comment se soustraire. Aussi elle se levait pour aller rejoindre les autres dames, en lui faisant cette brève réponse : « Merci de votre courtoisie... » lorsque Léonard ajouta brusquement :

— Lady Agnès, voulez-vous me faire une faveur?

— Je ne connais aucune faveur qu'il soit en mon pouvoir de vous faire, répondit-elle.

— Oh ! celle que je vous demande est facile, et c'est autant pour votre frère que pour moi. Il s'agit d'une lettre que Foulques n'aimerait pas, ce me semble, qu'on lût hors de sa famille, dont j'espère bientôt être un membre... Mais il écrit si misérablement fin, que je ne puis pas en lire deux lignes... et je ne me fie pas à la faire déchiffrer par un clerc qui pourrait manquer au secret.... Ainsi, comme c'est l'affaire du baron, j'ai pensé que je vous l'apporterais, Lady Agnès, et profiterais ainsi de votre éducation de couvent.

Agnès prit la lettre et commença à lire :

« Pour le chevalier très-noble et très-digne d'hommage, sir Léonard Ashton, à la cour de Monseigneur le prince de Galles.

» Bel ami et frère d'armes,

» Je vous donne à connaître par ces présentes que l'affaire dont nous avons parlé, va bien. Mylord de Pembroke et sir John Chandos se sont volontiers chargés d'obtenir pour le banneret que vous connaissez, le gouvernement du château ; et comme le prince n'oublie pas l'amitié qu'il portait à son frère, il se laissera facilement persuader. Nous sommes sûrs de la garnison, et maintenant la seule chose qui soit nécessaire, c'est de prévenir l'écuyer borgne dont vous m'avez parlé, avant que le dit banneret n'arrive au castel.

» Dites à l'écuyer de bien choisir son temps, et d'arranger les choses de manière à ce qu'il n'y ait pas de rançon possible. Il comprendra ce que je veux dire.

» Je vous salue.

» Foulques, baron de Clarenham. »

— Que signifie ceci ? s'écria Agnès, pendant qu'un tissu de perfidie se dévoilait à ses yeux.

— Vous pouvez bien me le demander ! dit Léonard, son lourd cerveau ne pensant qu'aux phrases ambiguës de Foulques, et ne s'apercevant nullement de l'horreur que trahissait la voix de la jeune fille.... Comment puis-je comprendre ce qu'il veut que je fasse?.... Envoyer le Borgne-Basque au château de Nor-

belle, est-ce cela?.... Lisez-la encore une fois, lady, pour
l'amour des saints.... Que dois-je dire au Borgne-Basque.... Ne
pas accepter de rançon, dit-il?.... Il peut être tranquille là-
dessus.... Eustache n'est guère en état de se rançonner.

— Que voulez-vous dire? demanda vivement Agnès, espérant
que, dans sa première supposition, elle avait été injuste envers
son frère.... Si c'est de sir Eustache Lynwood que vous parlez,
il n'est pas prisonnier, il est ici à Bordeaux.

— Il n'y sera pas longtemps, répondit Léonard. Ne savez-
vous pas que cette après-midi même, le prince lui a conféré le
gouvernement du château de Norbelle, dans les marches de la
Gascogne? Eh bien! c'est là l'affaire dont parle cette lettre.
Laissez-moi voir comment cela doit se passer..: Oui, c'est ça...
C'est le Borgne-Basque qui en est sénéchal... Oui, c'est bien
ça... et c'est lui qui doit admettre les gens de Clisson.

— Admettre les hommes de Clisson?

— Oui... c'est un de ces châteaux bâtis par le vieux paladin
Renaud de Montauban, dont Eustache nous parlait autrefois.
Je parie qu'il ne se doutait pas du mauvais tour qu'il se jouait
alors à lui-même.... Tous ces châteaux, dit-on, ont des passages
secrets conduisant par les souterrains jusque dans l'intérieur des
appartements. Le Borgne-Basque les connaît tous, parce qu'il a
beaucoup servi dans cette partie de la France, et Foulques l'a
fait nommer sénéchal exprès pour nous rendre ce bon service.

— Exprès pour admettre les hommes de Clisson? Est-ce que
je vous comprends bien, sir chevalier, ou mes oreilles me
trompent-elles?

— Oui, c'est bien ce que je dis. Ne voyez-vous pas, lady
Agnès, que c'est le seul moyen de délivrer notre maison de cette
pierre d'achoppement... de ce chevalier mendiant et parvenu...
qui, tant qu'il vivra, ne reconnaîtra jamais les droits de Foulques, et élèvera son neveu dans le même orgueil?

— Et serait-il possible, sir Léonard, que mon frère, un chevalier chrétien, pût projeter une aussi lâche perfidie? Oh! dites
que ce n'est pas vrai! Laissez-moi attribuer cette monstrueuse
pensée à mon imagination en délire!...

— Ah! c'est toujours ainsi avec les femmes! répondit Léonard... elles ne considèrent jamais le vrai des choses. Quels
ménagements doit-on avoir pour Eustache, qui a des communica-
tions avec le mauvais esprit, et....

— Je n'entendrai pas calomnier un noble chevalier, et je ne

souffrirai pas qu'on le trahisse, interrompit Agnès. Je vous ai
écouté déjà trop longtemps, sir Léonard Ashton, et je ne souil-
lerai pas davantage mes oreilles. Je vous remercie cependant de
m'avoir donné un avertissement qui me permettra de traverser
vos affreux desseins.

— Que ferez-vous? demanda Léonard avec un regard de
colère impuissante.

— J'en appellerai instantanément au prince; je lui dirai
l'usage que l'on fait de ses châteaux, et les mensonges débités
contre le plus fidèle de ses chevaliers! Et Agnès, oubliant dans
son indignation tout ce qui s'en suivrait, se levait déjà pour
effectuer son projet, quand Léonard murmurant entre ses dents :
« Quelle folie m'a poussé de le lui dire? » lui barra le chemin et
dit d'une voix sombre : « Faites-le, lady, si vous désirez causer
la perte de votre frère!... » La timide jeune fille resta atterrée à
la vue des conséquences terribles d'une telle accusation.

Ce même jour, Eustache fut appelé à l'audience du prince.

— Sir Eustache Lynwood, dit gravement le prince, j'ai appris
que vous aviez bien servi le roi sous la bannière de sir John
Chandos. Vos amis m'ont prié de vous donner l'occasion de
vous montrer digne de vos éperons, et j'ai résolu de vous conférer le gouvernement de mon château de Norbelle, sur les
frontières, espérant trouver en vous un fidèle gouverneur et
capitaine.

— J'espère, monseigneur, que vous n'avez jamais eu raison
de penser moins honorablement de moi, répondit Eustache,
et l'expression ouverte et calme de ses yeux semblait jouir du
regard examinateur que le prince fixa sur lui.

Son cœur bondit de l'espoir que le moment d'une explication
était arrivé; mais Edouard baissa de nouveau les yeux, et, d'une
voix qui trahissait plus de fatigue que de déplaisir, répondit :

— Fléchissez le genou, sire chevalier, et prêtez le serment
d'usage.

Eustache obéit, pouvant à peine s'empêcher de soupirer en
voyant son espérance déçue.

— Vous recevrez de sir John Chandos et du trésorier, les
ordres et les subsides nécessaires, dit le prince d'un ton qui
intimait que l'audience était finie; et Eustache se retira, ne
sachant pas s'il fallait se réjouir ou s'attrister.

Gaston était enchanté.

— J'ai souvent été cordialement fatigué de la vie de garnison, dit-il, mais jamais je n'ai été aussi las de quoi que ce soit au monde, que de me voir regardé de travers par la moitié des gens que je rencontre. Il vaut autant entendre les chants des alouettes que le cri des souris. Je connais chaque coin de mon pays natal, et les pasteurs de Languedoc devront nous payer des redevances.

Sir John Chandos, comme connétable de l'Aquitaine, donna à Eustache les ordres et les renseignements nécessaires. Les fortifications, dit-il, étaient en bon état, et la garnison déjà nombreuse; mais une somme d'argent lui fut remise, afin qu'il pût augmenter le personnel autant qu'il le jugerait convenable, parce qu'il n'était pas improbable qu'il eût un siége à soutenir contre Olivier de Clisson, qui menaçait ce côté des frontières. Quatre jours lui étaient assignés pour ses préparatifs, après quoi il devait partir pour son gouvernement.

Eustache fut très-content de ce qu'il entendit et retourna à son logement pour se concerter avec Gaston sur le nombre d'hommes qu'il fallait engager. Tout à coup un pas léger se fait entendre sur l'escalier, la porte s'ouvre, et Arthur, se jetant au cou de son oncle, s'écrie :

— Mon oncle, n'allez pas à ce château!....

— Arthur, qui t'amène ici ? Que veut dire ceci ? Pas de tour de passe-passe, ni de fuite d'un châtiment, j'espère, dit Eustache en le tenant à distance et le regardant fixement.

— Non, mon oncle, non ! Sur la parole d'un vrai fils de chevalier ! dit l'enfant bégayant dans sa précipitation ; croyez-moi, fixez-vous à moi, mon oncle... et n'allez pas à ce terrible château... C'est une trappe... un piége destiné par la plus vile perfidie à être votre mort !

— Silence ! Arthur, répondit sévèrement le chevalier; Ne savez-vous pas que vous parlez en traître... On s'est amusé aux dépens de ta simplicité, enfant que tu es !... Tu devrais aussi volontiers parler mal de ton père, que du prince dont l'âme est l'honneur même.

— Oh ! ce n'est pas le prince, il ne s'en doute pas.. ce sont ces traîtres, le baron de Clarenham et sir Léonard Ashton qui l'ont exploité et trompé.

— Oh ! oh ! s'écria Gaston. L'histoire prend maintenant une tournure de vraisemblance.

Arthur se retourna et parut embarrassé :

— Maître d'Aubricour, dit-il, j'avais oublié que vous étiez ici. C'est un secret que je ne devais révéler qu'à mon oncle.

— En est-il ainsi? répliqua Gaston, donc je quitterai la chambre, si cela vous plaît ainsi qu'au chevalier... quoiqu'il me semble que je ne suis pas assez petit pour ne pas être aperçu ; et puis, comme j'ai entendu la moitié...

— Il vaut mieux que vous entendiez le tout, dit Arthur. Qu'en pensez-vous, mon oncle Eustache ?

— Je ne sais que penser, Arthur. Il faut te décider toi-même.

Le front enfantin d'Arthur devint soucieux, enfin il reprit :

— Ne vous en allez pas, Gaston. Si j'ai mal fait, j'en supporterai le blâme, et de quelque manière que ce soit, il faudra que mon oncle vous dise la chose.

— Nous écoutons donc, dit Eustache.

Arthur qui s'était remis de sa première émotion, continua :

— Il faut que vous sachiez que ce château Norbelle est un de ceux qui ont été bâtis par le fameux paladin, chef des routiers, messire Renaud de Montauban, de qui vous m'avez raconté tant d'histoires. Tous ces châteaux ont des passages secrets communiquant par les souterrains avec le pays d'alentour.

— L'enfant a raison, dit Gaston. J'en ai vu un dans le château de Montauban lui-même.

— Puis il paraît que ce château a été jusqu'à présent confié à un certain sénéchal borgne et grand ami de sir Léonard Ashton.

— Le Borgne-Basque ! s'écrièrent aussitôt le chevalier et l'écuyer, se regardant l'un l'autre avec étonnement.

— Oui, oui, dit Arthur. Maintenant, vous me croyez. L'ennemi étant dans le voisinage, il a été jugé convenable d'augmenter la garnison et de la placer sous le commandement d'un chevalier, et ces lâches traîtres feignant de l'amitié pour vous, ont porté mylord de Pembroke et sir John Chandos à obtenir que le prince vous confiât ce poste, et leur intention c'est que ce mauvais sénéchal et sa méchante garnison admettent par le passage secret sir Olivier de Clisson, le boucher de Bretagne ! Et, mon oncle, dit l'enfant pressant la main d'Eustache, tandis que des larmes d'indignation tombaient de ses yeux, la lettre dit expressément qu'on ne doit pas vous mettre à rançon. O mon oncle Eustache ! n'allez pas à Norbelle.

— Et comment as-tu appris toutes ces choses ? demanda le chevalier.

— Je ne dois jamais vous le dire, répondit Arthur.

— Par aucun moyen indigne du fils d'un brave chevalier?
demanda encore Eustache.

— Ne vous méfiez pas de moi, répliqua Arthur. Je le sais par
une voie sûre, et il n'y a de déshonneur que du côté des traîtres.
Oh! promettez-moi, bel oncle, de ne pas vous mettre entre leurs
mains.

— Arthur, j'ai prêté le serment de fidélité au roi comme
gouverneur du château: Je ne puis pas reculer devant mon
devoir, ni renoncer à défendre ce fort pour quelle cause que
ce soit.

— Hélas! hélas!

— Il n'y aurait qu'un moyen de m'y soustraire, et toi, tu
dois me dire si je puis l'employer : dévoiler au prince l'usage
que l'on fait de ses châteaux et accuser les scélérats de leur
perfidie.

— Cela ne se peut pas, répondit Arthur secouant la tête avec
tristesse... C'est contraire à la promesse que j'ai faite pour vous
et pour moi!... Mais n'y allez pas, mon oncle ; si vous ne craignez rien pour vous, n'oubliez pas que vous êtes tout ce qui
me reste, tout ce qui me défend de ce méchant Clarenham.
Gaston, persuadez-le.

— Gaston ne me persuaderait pas de faire honte à mes éperons
par la crainte d'un danger, répondit Eustache. N'as-tu pas
mieux appris les lois de la chevalerie dans la maison du prince?
En outre, rappelle-toi le vieux proverbe de Ralphe : Un homme
averti est un homme armé. Ne penses-tu pas que Gaston, le
fidèle Ingram et moi, nous ne puissions tenir tête à une douzaine de ces lâches traîtres? Regarde cet or qui m'est donné
pour recruter des hommes ; avec ce secours, je saurai m'attacher
quelques cœurs honnêtes, et ce serait fort si je ne trouvais pas
le passage secret de Renaud.

— Si vous voulez partir, mon oncle, prenez-moi avec vous,
je pourrai au moins tenir la porte, et je sais atteindre le but
avec une flèche aussi bien que lord Harry de Lancastre lui-
même.

— Te prendre, maître Arthur? Quoi! voler de la maison du
prince un page que j'ai eu tant de peine à y conduire, et cela
pour t'amener dans un nid de traîtres! Ce serait le moyen de
justifier toutes les accusations de Clarenham.

— Oh! que de perfides mensonges il débite! dit Arthur.
Pensez, mon oncle, qu'il a fallu que j'écoutasse tout le noir

poison qu'il infiltrait dans le cœur du prince, et puis, feignant des égards pour le nom de mon père et votre renommée, il l'a supplié de ne pas faire faire d'enquête. Oh ! comment ce noble prince peut-il être trompé par un tel mécréant et penser si mal d'un chevalier comme vous ?

— J'espère lui prouver bientôt qu'on l'a trompé, répondit Eustache. Plus d'un chevalier à vingt-deux ans, a encore son nom à faire. Le mien, grâce à Du Guesclin et au prince lui-même, est déjà fait, et quoique momentanément obscurci, il brillera de nouveau avec l'aide de Notre-Dame et de saint Eustache. Ainsi, Arthur, ne sois pas inquiet à mon sujet, mais réfléchis à ce que le père Cyrille t'a enseigné de la pratique de la charité et du pardon des ennemis... Mais dis-moi comment es-tu venu ici ?

— Elle... c'est-à-dire la personne qui m'a prévenu, m'a descendu par la fenêtre sur la tête de la grosse gargouille, et de là je me suis glissé à terre par le moyen des vignes attachées contre le mur; j'ai traversé la cour sans être aperçu par les écuyers ou les palefreniers, et j'ai trouvé mon chemin jusqu'au pont, là j'ai heureusement rencontré John Ingram qui m'a conduit ici.

— Elle ?... répéta Gaston.

— J'en ai trop dit, balbutia Arthur en rougissant; je vous prie de l'oublier.

— L'oublier ! continua l'écuyer, c'est plus facile à dire qu'à faire. Nous allons nous torturer la cervelle pour savoir quelle dame a pu...

— Chut, Gaston, dit Eustache touché du regard suppliant de son neveu, ne tentez pas l'enfant. Et toi, Arthur, retourne tout de suite au palais.

— Oh ! mon oncle ! ne puis-je pas rester avec vous cette seule nuit ? Huit mortels mois se sont écoulés sans que je vous aie vu, excepté à travers la colonnade du balcon de la princesse, d'où je vous regardais lorsque vous entriez dans la salle à manger... et j'espérais que vous me garderiez avec vous au moins une nuit... Voyez comme il fait tard et sombre ; les portes du château sont déjà fermées.

— En vérité, beau neveu, cela me réjouit le cœur de t'avoir près de moi, et cependant je ne sais comment autoriser ton échappée, malgré la gravité du motif.

— C'est la première fois que j'enfreins la consigne, dit Arthur, et je ne le ferai plus, quoique lord Harry et lord Thomas Holland m'aient plus d'une fois prié de me joindre à eux.

— Eh bien ! répondit le chevalier, puisque, comme tu le dis, il est trop tard pour rentrer au château, je te reconduirai demain matin, et je prierai le maître des damoiseaux de te pardonner d'être venu me voir avant mon départ.

— Ce sera très-bien, dit Arthur. Je pourrais à la vérité grimper par l'angle où lord Harry a descellé les pierres, et entrer par la fenêtre des pages, avant que maître Michel] ne s'éveille ; mais je trouve que ces tours sont plus dignes d'un renard que d'un brave garçon, et quand même je serais bien puni, j'entrerai par la porte et tête levée.

— Serez-vous donc puni ? demanda Gaston. Votre vieux maître des damoiseaux est-il bien sévère ?

— Il ne l'a pas été jusqu'ici avec moi. Il ne m'a grondé que pour ce que vous me reprocheriez vous-même, maître d'Aubricour, quand je ne puis pas amener ma bouche à prononcer votre langue comme un français. C'est surtout lord Harry qui excite son mécontentement. Mais cette fois-ci, je serai sûrement puni, si oncle Eustache n'opère pas un miracle.

— Je verrai ce que je puis faire, Arthur, dit Eustache. Et maintenant, mon beau neveu, as-tu soupé ?

La soirée se passa très-gaiement pour le petit page, qui, rassuré par son oncle, ne pensait plus qu'à jouir de se retrouver auprès de celui qui lui tenait lieu de père et de mère.

Le lendemain, de grand matin, Eustache le reconduisit au palais. Avant d'y entrer, il lui dit :

— Arthur, vois-tu souvent lady Agnès de Clarenham ?

— Oh oui ! presque toutes les après-midi. Elle me fait lire, m'apprend à prononcer le français et m'enseigne les manières de cour. Je suis son page et serviteur... Mais nous voici arrivés. Voici la porte qui conduit à la chambre de l'écuyer Michel de Sancy, le maître des damoiseaux.

CHAPITRE XII.

Les traîtres.

Les jours suivants furent employés à prendre des précautions contre le danger annoncé par ce mystérieux message. Gaston rassembla quelques-uns de ceux qui faisaient autrefois partie des Lances de Lynwood ; ils étaient heureux de s'enrôler de nouveau sous la croix·bleue, et avec quelques hommes d'armes arrivés à Bordeaux pour chercher de l'emploi, ils formaient un corps au moyen duquel Eustache espérait tenir les traîtres en échec.

Leur route les conduisit à travers des vignobles et des collines en pente douce, et, vers le déclin du second jour, ils aperçurent dans le lointain les hautes et massives tourelles d'un château-fort surmonté de la large croix rouge de saint Georges et que le guide leur dit être Castel-Norbelle.

— Un noble fort ! dit Eustache, le mesurant de son regard ; trop noble pour être sacrifié à la trahison d'un pauvre chevalier.

— Il est honteux qu'une demeure aussi royale soit habitée par une bande de lâches ! dit Gaston. Sauf la trahison, une douzaine d'enfants animés de l'esprit héroïque de votre petit neveu, le défendraient contre toute une armée.

— Sommons les dits traîtres, dit Eustache, en soufflant dans son cor. Les portes s'ouvrirent en entier, le pont se baissa, et le sénéchal, son trousseau de clefs à la ceinture, se présenta sous la herse. Eustache et Gaston fixèrent sur lui un regard scrutateur et son aspect leur fit douter, pour un instant, de la vérité de l'avertissement reçu... Une mouche couvrait l'œil qu'il avait perdu, ses moustaches étaient rasées, ses cheveux paraissaient beaucoup plus clairs, aussi bien que sa barbe qui était soigneusement peignée... Et l'extérieur de l'officieux sénéchal présentait un contraste frappant avec celui de l'homme d'armes dissolu et effréné.

Le chevalier hésitait, ne sachant s'il fallait ou non lui laisser apercevoir qu'il était reconnu; mais se décidant à surveiller ses démarches, il lui demanda quel nom il fallait lui donner.

— Thibault Sanchez, répliqua le Borgne-Basque, indiquant son vrai nom qui n'était pas connu de deux hommes dans tout le duché d'Aquitaine; Thibault Sanchez, s'il vous plaît, noble messire, un pauvre écuyer des montagnes qui a bien eu quelques batailles dans son temps, mais aucune aussi brillante que le combat de Najara où vos exploits...

— Mes exploits devront rester dans le silence, sire écuyer, jusqu'à ce que nos chevaux soient logés, et que j'aie fait le tour du château avant que le jour ne nous manque.

— Si tard, sire chevalier! et après un voyage si lent et si fatigant? Sûrement vous prendrez auparavant une coupe de vin et le repos d'une nuit, vous fiant à ma vigilance, car bien que je sois un homme simple, j'ose dire que je comprends les obligations de mon poste.

— Je ne dormirai pas avant d'avoir vu ce qui est confié à mes soins, répliqua le chevalier. Montrez-moi le chemin, maître Sanchez.

— Ah! voilà ce que c'est d'avoir affaire à un chevalier renommé! s'écria le Borgne-Basque. Quelle vigilance! quel sérieux! Ah! je l'ai bien dit à mes camarades, notre garnison sera une école de chevalerie, l'orgueil du pays.

Pendant ce temps, ils avaient traversé une petite cour et franchi une seconde porte à herse, défendue de chaque côté par de hautes murailles crénelées et presque deux fois plus épaisses que les marches du grand escalier n'étaient larges. En haut, était une porte cintrée, grossièrement garnie de clous et s'ouvrant sur le vestibule du château, pièce sombre et voûtée dont les meurtrières n'admettaient que peu de jour à travers la prodigieuse épaisseur des murs. Un grand feu de bois brûlait dans le foyer et éclairait d'une lumière rougeâtre quelques armures suspendues à la muraille et une table sur laquelle se trouvaient des assiettes, des coupes et plusieurs bouteilles.

— Une goutte de vin, noble chevalier, dit le sénéchal. Prenez-en une coupe pour vous rafraîchir après votre voyage, et pour laver la poussière de votre gorge.

Une longue course à cheval, revêtu d'une pesante armure et sous le soleil de la Gascogne, rendait cette proposition fort tentante; mais Eustache prévoyant que le vin pouvait être drogué, avait non-seulement résolu de s'en abstenir lui-même, mais encore avait exigé cette même promesse de Gaston, au grand regret de celui-ci.

— Nous ménagerons vos bouteilles pour le moment, répondit le chevalier, n'acceptant que le bassin d'eau fraîche qui lui était présenté pour se laver les mains ; et maintenant aux murs ; puis il avala un verre d'eau. Gaston suivit son exemple, mais non sans jeter un regard d'envie sur le vin ; et Sanchez fut obligé de les conduire par un long escalier en spirale à deux autres salles voûtées situées l'une au-dessus de l'autre : la plus basse était destinée à servir de chambre à coucher pour le chevalier et son écuyer... la plus haute à ceux des hommes d'armes qui ne pouvaient trouver de place dans le vestibule ou dans les bas offices. Après avoir monté un peu plus, ils sortirent sur le toit de plomb, environné d'un parapet crénelé, et sur lequel étaient postées deux ou trois sentinelles. Au-dessus se trouvait une petite tour d'observation de forme octogone, au sommet de laquelle une lance supportait le pennon de saint Georges, Eustache y plaça aussi le sien.

Ceci fait, le chevalier s'arrêta quelques instants à contempler la magnifique étendue de pays qu'il dominait... les riches pâturages... les belles vignes s'étendant de l'ouest au nord et parsemées çà et là de villes et de villages ; tandis qu'au loin, parmi les hautes collines à l'est, on distinguait la ville de Carcassonne, au sud, s'étendaient les Pyrénées auxquelles se rattachaient les plus brillants souvenirs d'Eustache : ses premières aventures et ses espérances de gloire.

· Descendant l'escalier, ils traversèrent de nouveau le vestibule et passèrent par la cuisine où se préparait un grand souper. Là aussi se trouvaient la laiterie, quelques petites chambres servant aux provisions et des écuries pour les chevaux, le tout protégé par une galerie en saillie au pied de l'escalier et que l'on pouvait encore défendre quand même la cour extérieure serait forcée. Pendant que les nouveaux-venus avaient pris connaissance de ces lieux, la nuit était tombée, et Sanchez fit remarquer que la visite du chevalier finissait en bon temps pour le souper.

— Je n'ai pas encore vu les souterrains, dit Eustache.

— Les souterrains, sire chevalier ! Qu'y verriez-vous, sauf quelques chaînes rouillées, et des ossements blanchis qui gisent là depuis les temps du comte de Montfort et des Albigeois? On assure que leurs esprits maudits fréquentent ces lieux.

— J'ai entendu dire, répliqua sir Eustache, que ces châteaux de Gascogne ont des passages secrets communiquant par les souterrains avec l'extérieur; et je voudrais m'assurer que nous ne sommes pas exposés ici à ce péril.

— Il n'y a pas un homme dans le château qui voulût entrer dans ces caves après le soleil couché. Pensez aux Albigeois, sire chevalier !

— Je courrai la chance seul, répondit Eustache. Donnez-moi une torche ! Gaston en prit une autre, et Thibault Sanchez, voyant leur détermination, voulut être de la partie. Les torches reflétèrent leurs flammes rouges sur les voûtes de pierres sur lesquelles le château était bâti, et on respirait dans ces souterrains un air humide et une odeur méphitique qui firent frissonner le chevalier et son écuyer. Ils n'y furent pas plutôt entrés que Thibault, tout tremblant, s'écria d'un ton d'horreur :

— Là, là! Oh ! sainte Vierge, protégez-nous !

— Où ? demanda Eustache pouvant à peine se défendre d'une impression de terreur.

— Il s'est évanoui... cependant il m'a semblé le voir encore. Là ! regardez là-bas, sire chevalier... quelque chose de blanc flottant derrière la colonne !

Gaston se signa et devint pâle, mais Eustache s'était maîtrisé.

— Trève à ces vaines terreurs, maître sénéchal, dit-il sévèrement. Ceux qui connaissent le Borgne-Basque ne peuvent considérer que comme affectées ses craintes des saints ou des démons.

Aucun revenant n'aurait pu effrayer le sénéchal du château de Norbelle autant que ce sobriquet. Il se rejeta en arrière et garda le silence, tout en réfléchissant s'il valait mieux avouer le complot et s'abandonner à la miséricorde de sir Eustache, ou s'il pouvait espérer que le chevalier n'en avait pas connaissance... Il inclina vers ce dernier parti, quand il vit qu'Eustache marchait deux fois sur la trappe sans la reconnaître. Mais une troisième fois, son éperon frappa contre quelque chose qui rendit un son métallique et il dit à Gaston de baisser sa torche. La lumière éclaira non-seulement un anneau de fer, mais aussi une petite plaque qui évidemment couvrait un trou de serrure. Sanchez, après avoir témoigné beaucoup d'étonnement et une complète ignorance d'une telle entrée, donna son trousseau de clefs, protestant qu'il n'y en avait aucune qui pût ouvrir cette porte mystérieuse; mais le chevalier avait une autre ressource.

— Regardez, maître Sanchez, dit-il, il peut être vrai comme
vous le dites, que cette porte n'ait pas été ouverte depuis des
centaines d'années, et cependant je vois dans la poussière des
traces qui me semblent prouver qu'elle a été levée depuis peu.
Je dormirai plus tranquillement quand je me serai convaincu
de l'impossibilité de l'ouvrir. Allez donc, Gaston, appelez une
demi-douzaine de mes hommes, que chacun apporte la pierre
la plus lourde qu'il pourra trouver dans le tas que j'ai vu dans
la cour d'entrée.

— C'est excellent ! s'écria Gaston, et cependant sir Eustache... Il se tut tout à coup ; il était évident qu'il craignait
de laisser son maître seul avec le scélérat. Eustache répondit
à sa pensée en tirant sa bonne épée et riant d'un air de défi
en mettant le pied sur la trappe; il fixa alors sur le Borgne-
Basque un regard qui fit comprendre que ce n'était pas le
moment de risquer une perfidie.

Gaston sortit au plus vite du donjon, et revint peu après à
la tête des hommes d'armes; quelques-uns portant des torches,
d'autres chargés d'immenses pierres qu'ils auraient jetées très-
volontiers à la tête de sir Eustache. Forcés d'obéir, ils les en-
tassèrent à l'endroit indiqué sur la porte secrète, de manière qu'il
aurait fallu une force prodigieuse pour la soulever, et le bruit
d'une seule de ces pierres venant à être renversée, aurait suffi
pour réveiller tout le château... Ceci fait, sir Eustache les fit
tous sortir des souterrains, ferma la porte après lui, et annonça
au sénéchal qu'il le déchargeait pour l'avenir du soin des clefs.
Le surveillant de près, il monta dans le vestibule, et donna
le signal pour le souper que l'on apporta aussitôt. Thibault
Sanchez qui avait du sang noble dans les veines, fut admis à
la place d'honneur près d'Eustache et de Gaston... Cette con-
descendance leur permettait de ne point le perdre de vue.

Il y eut une tentative visible de la part des soldats de la
garnison pour engager leurs nouveaux camarades dans une
orgie ; mais sir Eustache y mit ordre promptement, en ordonnant
d'un ton qui n'admettait pas de réplique de reporter les bouteilles à l'office, et en envoyant les hommes, les uns à leurs
postes, les autres dans leurs lits. Ingram s'éloigna, murmurant
entre ses dents, et grand fut le mécontentement excité non-
seulement parmi les soldats de l'ancienne garnison, mais aussi
parmi les nouveaux venus de Bordeaux. Ces derniers, couchés
sur leurs bottes de paille, déplorèrent le jour où ils s'étaient

enrôlés sous la bannière d'un chevalier aussi rigide; et comparant sa discipline à celle de son frère, sir Reginald, dirent que tout sévère qu'était ce dernier, il n'avait jamais refusé un peu d'amusement à ses pauvres hommes d'armes.

— Mais quant à ce chevalier, il vaudrait autant servir un moine de Clairvaux.

Le Borgne-Basque se retira dans le garde-manger, et là, dit à voix basse à son compère, Tristan-de-la-Flèche :

— Nous sommes perdus !... il est vraiment sorcier !... sir Léonard Ashton avait raison, tout idiot qu'il est. Je ne l'ai jamais cru auparavant ; mais si ce chevalier n'était pas sorcier, comment m'aurait-il reconnu sous ce déguisement, et comment serait-il allé droit à cette maudite porte !

— Ne pensez-vous pas qu'il en a eu quelque avertissement ? demanda Tristan.

— Impossible, sauf par Clarenham ou par Ashton lui-même, et tout stupide qu'il est, je parie qu'il a assez de sens pour garder son secret. Il n'a pas oublié le jour où il vit ce beau damoiseau s'élever au-dessus de lui avec ses éperons d'or. Je sais comment c'est.... Il est comme était autrefois le seigneur de Corasse !

— Qui était-ce, Thibault ?

— Il faut savoir que Raymond de Corasse s'était approprié les dîmes d'une certaine église en Catalogne, sur quoi le clerc qui les réclamait en vain lui dit : « Sache que je t'enverrai un champion dont tu auras plus de peur que de moi. » Trois mois après, on commença à entendre chaque nuit dans le château de Corasse un vacarme indéfinissable... les assiettes s'entrechoquaient dans la cuisine... de grands coups se faisaient entendre à chaque porte, surtout à celle du chevalier... comme si tous les revenants du pays des fées eussent été lâchés... Le chevalier resta tranquille toute une nuit ; mais la seconde, quand le tapage recommença, il sauta de son lit et s'écria : Qui frappe à cette heure à la porte de ma chambre ?... On lui répondit : C'est moi.... — Et qui t'envoie ici ? demanda le chevalier... — Le clerc de Catalogne auquel tu as fait tort. Je ne te laisserai pas tranquille que tu ne lui aies rendu justice... — Quel est ton nom à toi qui es un si bon messager ?... — Je m'appelle Orthon.

Mais les choses se passèrent autrement que le clerc ne le voulait... car Orthon prit le chevalier en amitié, et promit de

le servir plutôt que le clerc, s'engageant du reste à ne plus
inquiéter le château. Il avoua qu'il n'avait pas le pouvoir de
faire mal à qui que ce fût. Il visitait souvent le chevalier pendant la nuit et lui tirait l'oreiller de dessous la tête quand il le
trouvait endormi.

« — A quoi ressemblait-il? demanda Tristan.

» — C'est ce que voulait savoir monseigneur le comte de Foix,
quand le seigneur de Corasse lui raconta d'étranges nouvelles
qu'il avait apprises par Orthon. Il supplia le chevalier d'engager
Orthon de se montrer sous sa vraie forme, et puis quand il
l'aurait vu, de le lui décrire.

» Aussi, la nuit suivante, quand Orthon revint, le chevalier
lui demanda d'où il venait.

» — De Prague en Bohême, répondit Orthon.

» — Est-ce bien loin d'ici?

» — A soixante jours de marche.

» — Comment en es-tu revenu si vite?

» — Je voyage aussi vite ou plus vite que le vent.

» — Quoi! as-tu des ailes?

» — Oh non!

» — Comment peux-tu donc voler si rapidement?

» — Cela ne te regarde pas.

» — Oh! je meurs d'envie de voir quelle forme tu as?

» — Ne t'en inquiète pas; contente-toi de m'entendre.

» — J'aimerais mieux te voir, dit le chevalier.

› Alors Orthon promit que la première chose qu'il verrait en
se levant le lendemain matin, ce serait lui. »

— Ha! je parie qu'il vit un des chats noirs qui dansèrent
autour du lit d'Ashton, dit Tristan.

— Le chevalier sautant de son lit à la pointe du jour, regarda
autour de lui, mais ne vit rien d'extraordinaire. La nuit suivante,
le chevalier reprocha à Orthon de ne s'être pas montré selon
sa promesse.

« — Je me suis montré, répondit Orthon.

» — Je te dis que non, répliqua le chevalier.

» — Comment! tu n'as rien vu quand tu as sauté hors de ton
lit?

» — Si, répondit le seigneur de Corasse après un peu de
réflexion : J'ai vu deux pailles qui se tournoyaient ensemble
par terre.

» — C'était moi-même, dit Orthon.

» Le chevalier demanda avec importunité à Orthon de se montrer sous sa véritable forme. Orthon lui dit que cela l'obligerait de quitter son service ; mais Corasse persista et Orthon promit encore de se montrer, aussitôt que le chevalier quitterait sa chambre le lendemain matin. S'étant habillé, le chevalier s'approcha d'une fenêtre qui donnait sur la cour du château ; mais là, il ne vit rien qu'une truie si maigre qu'elle semblait n'avoir que la peau et les os, ses grandes oreilles pendaient et son museau était long et pointu. Le seigneur de Corasse ordonna à ses domestiques de lâcher les chiens sur cette bête disgracieuse ; mais le chenil fut à peine ouvert, que la truie regarda le chevalier en face, jeta un cri perçant, disparut et ne fut plus jamais revue... Alors Corasse, tout pensif, rentra dans sa chambre, craignant que la truie ne fût vraiment Orthon. Et en effet, Orthon ne reparut plus auprès de son lit. Avant la fin de l'année, le chevalier était mort ! »

— Pensez-vous que ce soit vrai, Sanchez ?

— Vrai ? comment, j'ai vu de mes yeux le château de Corasse, à sept lieues d'Orthès !

— Et qui donc était Orthon, croyez-vous ?

— Ce n'est pas à moi à le dire ; mais voyez-vous, il y a de ces gens qui paraissent bons chrétiens aux yeux des hommes, et qui cependant ont de singuliers moyens de tout savoir à leur gré ! Nous aurons du mérite si nous venons à bout de circonvenir un sorcier comme sir Eustache.

— Mais il a apporté des livres avec lui ! J'ai vu cet Anglais à large face qui en montait toute une pile, dit Tristan en pâlissant. Avec ses livres, il pourra nous changer tous en singes !

— Il faut que nous agissions maintenant ou jamais ! répliqua Sanchez, comme pour encourager son compagnon. Quand tout sera tranquille, je ferai le tour du château et j'éveillerai nos camarades, tandis que vous sortirez par le trou qui est sous la galerie pour prévenir Clisson qu'il ne peut plus compter sur le passage secret, mais que lorsqu'il verra une lumière dans la tourelle du vieux Montfort...

Tristan pressa subitement le pied de son digne collègue en signe de silence ; un pas se fit entendre sur l'escalier, et sir Eustache se présenta devant eux.

— Vous paraissez être agréablement occupés, messires, dit-il regardant la cruche de vin posée devant eux ; mais mes ordres sont aussi précis que ceux de Guillaume-le-Normand :

sauf la mienne, pas de lumière après huit heures. A vos lits, messires, et bonne nuit !

Il était encore armé de pied en cap, il n'eût donc pas été prudent de l'attaquer. Il les vit monter l'escalier tournant qui conduisait au vestibule et disparaître dans les antres étroits qui leur servaient de chambres à coucher ; plus d'une malédiction y fut donnée à la vigilance du chevalier sorcier. A minuit le Borgne-Basque sortit furtivement de son lit, espérant trouver le moyen d'accomplir son dessein et de mériter la récompense promise par Clarenham et par les Français. Mais à peine avait-il fait quelques pas, qu'une lumière rougeâtre se fit voir sur l'escalier, et avant qu'il pût reculer, la figure de Gaston lui apparut ; ses yeux noirs étincelaient d'un malin plaisir pendant qu'il disait en riant avec sa gaieté ordinaire :

— Vous êtes vigilant, mon vieux camarade. Vous n'avez pas oublié vos bonnes habitudes de commandant ici. Mais, sir Eustache ne confie qu'à moi le soin de changer la garde, ainsi je vous épargnerai désormais la peine de vous déranger pendant la nuit... Et le sénéchal déconcerté se retira.

Un jour se succédait ainsi à l'autre dans une lutte tacite, mais continue, entre le chevalier et la garnison. On ne pouvait faire un pas, ni presque dire un mot sans que quelque chose vînt rappeler que sir Eustache et Gaston étaient aux aguets. Il y avait alors tant de motifs pour exercer une perpétuelle vigilance sur les frontières ennemies, que les hommes ne pouvaient pas raisonnablement se plaindre des corvées exigées, du grand nombre des sentinelles posées à tous les coins du château, des occupations que le chevalier et l'écuyer inventaient à tout moment pour les tenir séparés, et de la défense absolue de se livrer en corps au plaisir de la table, leur seule consolation pour la privation de tout exercice actif... Ils s'ennuyèrent bientôt et devinrent frénétiquement las de la contrainte qui leur était imposée ; aussi quoique la sévérité ferme et calme du chevalier fût bien préférable à la grossière familiarité et aux passions effrénées de tant d'autres capitaines, plusieurs hommes d'armes qui cependant n'étaient point engagés dans le complot, murmuraient de ce qu'ils appelaient sa hauteur et sa rigidité... Ces derniers étaient des mercenaires français, accoutumés à vivre sans loi et sans frein et se souciant peu sous quel étendard ils combattaient, pourvu qu'ils pussent trouver solde et pillage... Les hommes d'armes anglais étaient nécessairement dévoués au roi et au

prince ; on pouvait compter sur eux, bien qu'ils se montrassent
parfois indisciplinés... Tout en avouant que sir Eustache était
un brave, galant et bon chevalier, ils éprouvaient à son sujet un
sentiment de crainte et presque de haine, quand ils entendaient
raconter l'histoire des chats noirs, et de sa subite apparition à
Lynwood au moment des funérailles de la châtelaine. Les serviteurs plus intimes contredisaient ces contes avec indignation,
mais parmi les soldats, plus d'un se réfugiait tout tremblant
dans son lit, quand à la lueur du feu du vestibule, on voyait le
soir sir Eustache tourner les feuillets de ses gros livres... Chaque
hibou... chaque chauve-souris qui volait dans les voûtes des
chambres humides, leur paraissait un esprit familier qui apportait au gouverneur les nouvelles de tout ce qui se passait à
Bordeaux, à Paris ou à Londres... Et si par hasard, il regardait
à terre, on disait qu'il cherchait les deux pailles croisées.

CHAPITRE   XIII.

Péripéties.

Il y avait, à quelque distance du château de Norbelle, un village dont les habitants étaient obligés de fournir des provisions
à la garnison. Le gouverneur avait gagné leur affection en
donnant des prix raisonnables pour les denrées, et en empê-
chant ses hommes de se montrer exigeants et cruels envers les
villageois. Ceux-ci, en reconnaissance, le tenaient au courant de
tous les mouvements de l'armée française, et c'est ainsi qu'il
apprit qu'on devait transporter de Bayonne à Carcassonne, une
somme d'argent considérable, montant des subsides promis par
Enrique, roi de Castille, à ses alliés, Bertrand du Guesclin et
Olivier de Clisson.
C'était un devoir pour les Anglais d'intercepter ce convoi, et
Eustache savait qu'il encourrait le blâme de son souverain, s'il
en perdait l'occasion. Mais comment diviser sa garnison ?... Sur

lequel des hommes d'armes pouvait-il compter? Après avoir
bien discuté l'affaire avec d'Aubricour, il fut résolu que le chevalier resterait avec Ingram et un bon nombre des anglais pour
tenir les traîtres en échec, tandis que Gaston se mettrait en
campagne avec une bande de soldats qui se battraient volontiers,
puisqu'il s'agissait de butin... Ils seraient absents pendant au
moins deux nuits, car le défilé où ils voulaient se mettre en
embuscade, était à une grande distance, et le moment de l'arrivée du convoi était inconnu.

L'expédition fut couronnée d'un plein succès, et le soleil
levant du troisième jour ramena d'Aubricour triomphant à la
tête de sa petite bande, qui traînait à sa suite un grand nombre
de mulets pesamment chargés de bagage. Les hautes murailles
de Norbelle apparaissaient déjà aux regards de Gaston, lorsqu'avec un cri de détresse, il fit remarquer que le drapeau
de saint Georges et le pennon de Lynwood n'y flottaient plus.
Il pouvait à peine en croire ses yeux, mais pressant son cheval
avec une impétuosité fougueuse, il découvrit sous peu que sa
vue ne l'avait point trompé.

— Les mécréants! s'écria-t-il. Oh! mon chevalier, mon chevalier! et se tournant vers les hommes qui le suivaient : il y a
encore de l'espoir! Voulez-vous voir notre forteresse trahie,
notre brave chevalier lâchement assassiné ou livré à ses ennemis?... ou frapperez-vous un coup hardi pour le défendre?...
Que celui qui a encore de l'honneur me suive !

Il y avait une poterne dont Eustache avait donné la clef à
Gaston au moment de son départ. Le fidèle écuyer se dirigea
de ce côté, sans regarder en arrière pour voir s'il était suivi,
plutôt dans la détermination de mourir avec sir Eustache que
dans l'espoir de le sauver. Les dix Anglais et à peu près huit
français excités par son désespoir, s'élancèrent à sa suite comme
il franchissait en courant les digues et le fossé; un instant après,
ouvrant la porte, il se précipita à travers la cour. Il trouva là
une partie de la garnison sur laquelle il se jeta en criant :
« Mort, mort aux traîtres !... » Le bras de Gaston fit l'ouvrage
de trois, en renversant ces scélérats, qui, pris au dépourvu,
ne lui opposèrent qu'une faible résistance. Qui ils étaient ou
combien ils étaient, il ne le vit pas et ne s'en soucia pas, mais il
frappa à droite et à gauche, jusqu'à ce qu'enfin des cris piteux
qui demandaient miséricorde, le calmèrent un peu. Il s'arrêta,
ainsi que ses compagnons, et d'un ton de rage et d'angoisse, il
demanda :

— Où est sir Eustache ?

— Ah ! maître d'Aubricour, ce n'est pas moi, c'est le traître Sanchez!... c'est Tristan !... fut la réponse. Oh ! miséricorde pour l'amour de Notre-Dame !

— Aucune miséricorde, chiens que vous êtes! jusqu'à ce que vous m'ayez montré sir Eustache en corps et en ame.

— Hélas ! hélas ! maître d'Aubricour !

Gaston n'écouta plus rien, mais s'élançant vers la galerie, trouva son chevalier tant aimé, étendu sans connaissance et baigné dans son sang. Exprimant sa douleur dans les termes passionnés du midi, s'arrachant les cheveux de désespoir d'avoir consenti à quitter le château, jurant une vengeance à mort à Clarenham et à ses complices, il releva le corps de son maître, et s'imagina sentir un léger battement de cœur, entendre un faible soupir.

Qu'importait à Gaston que le château ne fût qu'à moitié pris, que ses ennemis l'entourassent de tous les côtés ?... Il ne voyait que son maître, ne vivait que pour lui ! La vie ou la mort, la prospérité où l'adversité ne lui étaient rien, s'il ne les partageait avec sir Eustache. Il prit le chevalier dans ses bras, et montant l'escalier de pierre, le plaça sur sa couche.

— Apportez de l'eau ! apportez du vin ! cria-t-il comme il traversait le vestibule. Un valet suivit avec une cruche d'eau, et Gaston déboutonnant le pourpoint du chevalier, lui souleva la tête du côté où l'air pénétrait dans la chambre et lui arrosa le visage avec de l'eau, en le suppliant d'ouvrir les yeux et de lui parler.

On entendit quelques respirations haletantes, et les yeux du blessé s'ouvrirent, tandis que d'une voix presque intelligible, il dit :

— Gaston, est-ce toi ? J'ai cru que tout était fini !

Puis ses yeux se fermèrent de nouveau. Gaston se sentait revivre en entendant cette voix, quand même c'eût été pour la dernière fois... Et il répondit : « En vérité, sire chevalier, tout est bien, pourvu que vous me regardiez. » Il réussit alors à verser quelques gouttes d'eau dans la bouche de sir Eustache.

Plusieurs hommes d'armes s'attroupèrent à la porte et regardaient avec anxiété le chevalier blessé. Celui qui était le plus en avant s'adressa à d'Aubricour :

— Maître Gaston, voici une affaire à laquelle il faut veiller. Thibault Sanchez et une demi-douzaine de ses compères se sont réfugiés dans la tourelle et jurent qu'ils n'en sortiront pas, à moins que nous ne leur promettions la vie sauve.

— Ne la promettez pas!... Pendez sans miséricorde, cria une voix par-derrière. N'ai-je pas entendu les scélérats charger Tristan-de-la-Flèche de porter la nouvelle de tout ceci à Carcassonne. Nous aurons le boucher de Bretagne à nos trousses, avant qu'une heure soit écoulée.

— Lâche traître! cria Gaston, pourquoi n'avez-vous pas coupé la gorge au misérable, et secouru votre capitaine?

— Maître d'Aubricour, la chose était accomplie avant que je fusse bien réveillé, et quand ç'a été fait, et ne pouvait être défait, et que nous nous sommes vus quatre contre douze, que pouvait un pauvre palefrenier? Mais il faut voir à ce qu'il y a à faire... car il est vrai comme les légendes des saints que Tristan est parti pour Carcassonne de toute la vitesse du coursier noir du chevalier.

Cette nouvelle contribua plus à ramener Eustache que toutes les attentions de Gaston. Il rouvrit les yeux, et fit effort pour dire :

— Assurez-vous des portes!... Sentinelles, à vos postes!

Les hommes étaient comme pétrifiés : et Eustache, regardant autour de lui, comprit l'état des choses.

— N'avez-vous pas dit qu'ils ont envoyé avertir l'ennemi? demanda-t-il.

— Martin l'a dit, répliqua Gaston, et je crains que ce ne soit que trop vrai.

— Il n'y a pas un moment à perdre, dit Eustache. Donnez-moi du vin... Et il demanda d'une voix plus forte : Combien d'entre nous sont fidèles au roi Edouard et au prince? Tous ceux qui ne veulent pas combattre pour eux jusqu'à la mort, ont toute permission de quitter le castel. Mais il faut avant tout que nous envoyions à Bordeaux.

— Vrai, sir Eustache, mais sur qui pouvons-nous compter? demanda Gaston.

— Hélas! je crains que mon fidèle Ingram n'ait été tué, autrement tout ceci n'aurait jamais pu arriver... Ne savez-vous rien de lui? ajouta-t-il en regardant les hommes avec anxiété.

Pour toute réponse, un des hommes cria :

— Viens ici, John; ne reste pas là à grogner comme un sanglier : le chevalier te demande ; n'entends-tu pas?

John s'avança jusqu'au milieu de la chambre, et là tombant à genoux, il joignit les mains et s'écria :

— Moi, John Ingram, fais un vœu solennel à Notre-Dame de Taunton et à saint Joseph de Glastonbury, que tant que je vivrai, je ne boirai plus jamais ni bière, ni vin, ni aucune autre liqueur épicée ou non épicée; que ce soit fête ou jour ouvrier, ni le jour ni la nuit. Notre-Dame et saint Joseph me soient en aide.

— Lève-toi, Ingram, et laisse-nous voir si tu as perdu la tête, dit Gaston avec colère. Nous n'avons pas de temps pour ces sottises. As-tu été traître ou fou? car il faut que tu sois l'un ou l'autre pour te trouver ici sain et sauf.

— Vous avez raison, sire écuyer, dit Ingram, se couvrant la figure de ses mains. Que n'ai-je été à dix pieds sous terre, plutôt que de vivre pour voir ce jour!... et il sanglota tout haut.

— Tu as été trompé, dit Eustache; je le crois facilement, mais que tu aies été un traître, jamais, mon fidèle John!

— Que Dieu vous bénisse pour cette parole, sir Eustache! dit l'homme d'armes, tandis que les larmes coulaient de ses grosses joues. Oh! tout le vin du monde peut être jeté à la mer avant que je n'en mouille encore mes lèvres. Mais il était drogué, sir Eustache, il était drogué! je le certifierai jusqu'à mon dernier jour.

— Je le crois, dit Eustache. Mais nous ne pouvons pas écouter ton histoire maintenant, John. Prends un cheval et rends-toi à Bordeaux à bride abattue. Qu'on aille seller un cheval!

— Prenez Brigliador! dit Gaston, il ira plus vite. Pauvre ami! il est heureux que je ne l'aie pas pris pour notre expédition dans les montagnes.

— Puis, continua Eustache, porte à la cour les nouvelles de notre position; dis que nous avons été trahis... que Clisson sera avant peu sous nos murs, que nous ferons tout ce que l'homme peut faire, pour résister jusqu'à l'arrivée du secours que je prie le prince de nous envoyer.

Gaston ajouta:

— Qu'il prenne garde à qui il s'adressera, car pour quelques-uns la nouvelle de notre détresse sera une joyeuse nouvelle.

— C'est vrai, répondit Eustache. Fais ce que tu pourras pour voir sir John Chandos, ou s'il n'est pas à la cour, adresse-toi au prince lui-même, à tous plutôt qu'au comte de Pembroke. Si tu peux voir le petit Arthur, ce serait peut-être ce qu'il y aurait de mieux. Me comprends-tu, John?

— Oui, sir chevalier, répliqua Ingram, secouant sa grosse

tête, tandis que ses larmes coulaient en abondance. Mais de
vous voir dans une telle passe, par...

— Ne pense plus à cela, mon bon John. Tôt ou tard la mort
doit venir, et un coup d'épée est la fin du chevalier.

— Vous ne mourrez pas, sir Eustache! cria Gaston, vos
blessures...

— Je n'en sais rien, Gaston, mais il s'agit maintenant de
sauver le castel et non ma vie. Vite, vite, Ingram! Dis au
prince que si cette forteresse est prise, la route de Bordeaux
reste à découvert. Dis-lui le nombre de braves qu'elle renferme,
et que je le prie de croire qu'Eustache Lynwood n'a pas des-
honoré ses éperons. Recommande à Arthur de se souvenir de
moi, et de ne jamais oublier la lignée dont il descend. Adieu,
mon bon John !

— Dites-moi, sir Eustache, que j'emporte votre pardon.

— Tu l'as aussi sincèrement que j'espère le mien de la miséricorde de Dieu. Encore une chose : si tu rencontres Léonard
Ashton, dis-lui que je ne lui conserve pas de rancune, et prie-le
de rétablir la renommée de son ancien camarade... Adieu,
voici ma main, ne prends pas en mauvaise part que ce soit
la gauche ; je ne puis pas remuer la droite.

John Ingram restait près de son maître, le contemplant sans
pouvoir s'en arracher.

— Voyez à ce qu'il parte tout de suite, Gaston, dit le chevalier ; puis mettez des hommes sur les murailles ; tout est entre
vos mains.

Gaston obéit, et en conduisant Ingram à la porte, il lui donna
beaucoup plus d'espérance de la guérison d'Eustache, qu'il n'en
conservait lui-même ; car il savait que l'espoir seul de le sauver
pourrait inspirer à l'homme d'armes, la promptitude et la per-
sévérance nécessaires pour être utile dans cette circonstance.
Il caressa Brigliador qui tourna la tête dans sa surprise de voir
que ce n'était pas son maître qui le montait ; et les ayant
suivis des yeux pendant quelques instants, il rentra dans la
cour, où il n'y avait plus que les cadavres des traîtres qu'il avait
tués dans sa furieuse attaque. De là, il se rendit dans le vestibule où il trouva le plus grand nombre des hommes ne
faisant rien et interprétant chacun à sa façon les événements
de la journée.

— Il ne peut pas être sorcier, disait l'un, autrement il ne
serait pas maintenant à toute extrémité, à moins toutefois que
son pacte ne soit expiré.

— Ce serait une honte de ne pas le seconder en face de l'ennemi ! disait un autre. Avec quel courage il a parlé tout faible et blessé qu'il est.

— Il est de la vieille race anglaise, dit un troisième... un noble et jeune brave chevalier !

— Bien parlé, vieux Silverlocks, dit Gaston en entrant... Je doute que vous trouviez son pareil dans tout le grand royaume de France.

— Il est assez brave, de cela personne ne doute, répondit Simon ; mais un peu rigide... Sir Reginald n'en approchait pas.

— N'était-ce pas le moment d'être rigide, quand nous avions dans nos murs un nid de traîtres ? dit Gaston. Nous connaissions ce Borgne-Basque, et si nous ne nous étions tenus sur nos gardes, il y a longtemps, maître Simon, que vous auriez été pendu au haut de la tour de Montfort, comme j'espère que le traître le sera bientôt.

— Mais comment l'avez-vous reconnu, maître d'Aubricour ? demanda Simon d'un ton très-solennel. C'est là la grande question.

— Comment ? au moyen de deux yeux plus perçants que les vôtres... Je n'ai pas le temps de causer... tout ce que je viens demander, c'est si vous êtes disposés, oui ou non, à faire votre devoir en honnêtes gens ?... Sinon éloignez-vous au plus tôt, et le chevalier et moi nous demeurerons ici jusqu'à ce qu'il plaise à Clisson-le-boucher d'exercer sur nous son métier... Il y en a quelques-uns ici qui n'y seraient pas, si sir Eustache eût quitté nos chevets empestés au camp de Valladolid, et ce ne sera pas moi qui abandonnerai ce pennon si vaillamment changé en bannière ?

Ces souvenirs émurent les cœurs des anciennes Lances de Lynwood, et spontanément ils s'écrièrent :

— Jamais nous ne lui tournerons le dos ! Vivent les Lances de Lynwood !

— Vivent mes anciens camarades ! dit Gaston. Nos murs sont forts, nos cœurs le sont davantage... encore trois jours, et nous aurons du secours de Bordeaux... Les traîtres se sont emprisonnés et nous savons à qui nous fier désormais ; vous autres, anglais de naissance, qui m'avez si noblement suivi, vous n'abandonnerez pas notre chevalier à une troupe de lâches assassins !

— Jamais ! jamais ! Nous le soutiendrons jusqu'à la dernière

goutte de notre sang! crièrent-ils, car la vue du chevalier
blessé et l'exemple de l'héroïque dévouement de Gaston avaient
opéré en eux une réaction complète, et ils se joignèrent à
l'écuyer pour faire le serment de défendre le château jusqu'à
la dernière extrémité.

— Arborons donc notre bonne vieille bannière! dit Gaston,
et offrons à messire Clisson une réception qui lui fasse honneur.
Il donna alors quelques ordres, nomma sénéchal le vieux
Simon Silverlocks, guerrier habile et éprouvé, très-capable de
faire exécuter les dispositions prises, puis il envoya deux sentinelles pour garder la porte de la tour de Montfort dans laquelle
Sanchez s'était retranché avec ses complices, et il retourna à la
chambre du chevalier.

Jamais appartement plus triste ne s'était vu. Castel-Norbelle
avait été bâti bien plus pour être défendu que pour être habité,
et les chambres étaient plutôt des espaces compris entre les murs
que des lieux destinés au bien-être de la vie. Les murailles
étaient de pierre brute, aussi bien que les voûtes richement
tapissées de toiles d'araignée; la meurtrière étroite qui admettait le jour n'était point vitrée... il ne se trouvait rien dans
la chambre qu'on pût appeler du nom de meuble, excepté les
deux grabats qui servaient de couches au chevalier et à son
écuyer, et un coffre qui avait été forcé et pillé par les révoltés.
Ils avaient emporté les livres bien-aimés d'Eustache pour les
brûler au milieu de la cour comme des outils de sorcellerie;
et les quelques vêtements que la caisse avait contenus étaient
épars dans la chambre... Gaston effrayé du silence et de la tranquillité de son bien-aimé chevalier se pencha sur lui, craignant
de le trouver mort. Mais il n'était que faible et épuisé, et quand
Gaston le souleva et commença à examiner ses blessures, il le
regarda en disant:

— Merci, merci, mon bon Gaston; mais ne perdez pas votre
temps ici. Le château! le château!

— Que m'importe le château en comparaison de votre vie!
répondit Gaston.

— Pour mon honneur et le vôtre, dit Eustache fixant ses
yeux sur ceux de l'écuyer Gaston, je crains, ajouta-t-il étendant sa main et saisissant celle d'Aubricour, je crains que si
vous me surviviez, vous n'oubliiez votre devoir pour me venger
sur Clarenham. Si vous m'avez jamais aimé, Gaston, jurez-moi
qu'il n'en sera pas ainsi.

— C'est le seul motif pour lequel j'aurais vécu, répliqua Gaston.

— Vous y renoncez? demanda Eustache, serrant la main qu'il tenait... Vous ne toucherez pas à une de mes blessures avant que vous ne m'en ayez fait le serment.

— Je le jure donc, répondit Gaston, puisqu'il faut vous céder, mais j'espère que messire Olivier de Clisson m'épargnera la peine de tenir ma promesse.

— Avez-vous pris toutes les mesures possibles pour défendre le château?

— Oui. Les hommes d'armes qui restent sont dignes de confiance; ils ont tous prêté serment de nous soutenir à toute extrémité. Les autres se sont sauvés avec les mulets de bagage, ont été tués à mon entrée ou se sont renfermés avec Sanchez dans la tour de Montfort.... J'ai envoyé les hommes à leurs postes et les ai mis sous les ordres de Silverlocks qui viendra prendre mes instructions.

Eustache s'abandonna enfin entre les mains de l'écuyer. Un bras cassé, une affreuse balafre à la tête et un terrible coup de poignard dans la poitrine... telles étaient les plus graves de ses blessures. Mais il y avait une infinité de moindres coupures qui avaient occasionné une grande perte de sang et sa chute l'avait cruellement meurtri.

Gaston ne pouvait faire autre chose que d'appliquer des emplâtres d'une certaine pommade, vendue par un juif de Bordeaux, comme un remède infaillible pour toutes sortes de blessures et de coups. Ayant fait tout ce que son bon cœur lui suggéra pour le soulagement de son maître, il le quitta de nouveau pour s'occuper de la défense du château.

Sa première visite fut pour la tour de Montfort, une de celles du corps principal de l'édifice.

— Bien, maître Thibault Sanchez, ou si vous aimez mieux, le Borgne-Basque, cria-t-il, je vous remercie de la peine que vous m'avez épargnée. Vous vous êtes choisi une prison commode; j'espère que vous vous y trouvez à votre aise.

— Nous verrons comment vous vous trouverez à votre aise, maître Gaston-le-Maure, répliqua Sanchez du fond de sa tour, quand un autre Borgne viendra vous enfiler comme traître à notre seigneur suzerain le roi Charles.

— Le Borgne-Basque ose parler de traîtres et de telles affaires! répondit Gaston; patience! il chantera une autre chanson quand les renforts du prince arriveront.

— Ha ! ha ! rit Thibault, un petit oiseau m'a dit à l'oreille, que vous attendiez longtemps du secours de Bordeaux.

Ceci était en grande partie l'intime conviction de Gaston, mais il répondit avec beaucoup de véhémence, que le prince ne sacrifiait pas si facilement ses chevaliers et ses châteaux, et qu'il espérait bientôt avoir la satisfaction de voir les habitants de la tour recevoir la récompense de leur trahison.

Ils se séparèrent ainsi... Thibault très-content de rester là où il était, parce qu'il ne doutait pas que la prompte arrivée de Clisson ne vînt bientôt faire tourner les dés contre Gaston... et Gaston se consolant de ne pouvoir le faire pendre à l'instant, en le voyant dans un lieu où il ne pouvait faire aucun mal, et d'où il lui était impossible de s'échapper.

Le son du cor de la sentinelle postée dans la tour d'observation, fit tourner tous les yeux à l'est, dans la direction de la ville de Carcassonne.

Un épais nuage de poussière obscurcissait la vue, mais bientôt on y distingua le scintillement des armures et des armes. Gaston ayant donné ses ordres, et excité le courage et l'activité de chacun des hommes de sa petite garnison, alla en hâte porter la nouvelle à Eustache et s'équipa de son casque le plus brillant et de son plus beau surtout.

Remontant alors sur les créneaux, il put distinguer l'ennemi qui approchait, la bannière de Clisson et compter les archers et les nombreux hommes d'armes qui marchaient à travers la campagne verdoyante, disparaissant parfois derrière les élévations de terrain, et reparaissant de nouveau comme ils descendaient lentement du sommet.

Ils arrivèrent enfin au bas de la pente. Gaston vit la surprise et l'hésitation occasionnées par la vue du drapeau anglais ; il y eut une seconde pause pendant laquelle ils se rangèrent, et au bout d'un moment, un homme d'armes s'avança vers la poterne, la regarda avec attention et cria :

— Sanchez !

—Visez-le, dit Gaston à un archer anglais qui était à côté de lui... c'est le scélérat Tristan sur le pauvre Ferragus.

La flèche partit et Tristan tomba, tandis que Ferragus après avoir bondi violemment, galopa vers la porte si bien connue et commença à hennir.

— Tu appelles Brigliador, mon vieux ? Plût au ciel que je susse où il est !

Les Français, déconcertés de l'accueil fait à leur message, reculèrent; mais un instant après, un second hérault sortit de leurs rangs, sonna de la trompette et somma la garnison de château Norbelle de se rendre entre les mains du bon chevalier, messire Olivier de Clisson, envoyé pour cet effet par sa majesté Charles, roi de France.

La garnison répondit par un autre coup de trompette, et Gaston s'avançant sur les créneaux au-dessus de la grande porte, dit qu'il irait parler à messire Olivier de Clisson et demanda un sauf-conduit pour l'aller et le retour... Ceci étant accordé, le pont-levis fut baissé et la herse levée. Ferragus entra en bondissant et alla droit à sa stalle, et Gaston d'Aubricour sortit, armé de pied en cap, et fut conduit par le hérault au chef de la troupe. Messire Olivier de Clisson, assis sur son cheval, la visière de son casque levée, n'avait rien du chevalier courtois de l'époque. Ses traits, quoique moins grossiers et moins laids que ceux de son compatriote, Bertrand du Guesclin, manquaient de cette expression franche et courtoise qui seyait si bien à l'esprit si éminemment chevaleresque du grand connétable de France. Son visage était sombre et sévère, et la perte d'un œil crevé par une flèche, achevait de déparer sa physionomie. C'était un homme aigri par de mortelles injures... son père avait été traîtreusement mis à mort par le roi Jean de France, avant son avènement au trône, et son frère avait été assassiné par un anglais... La Bretagne, son pays natal, était déchirée par des divisions intestines... sa jeunesse s'était passée au milieu de violences de tout genre et de scènes de carnage. Il jouissait actuellement de la réputation bien méritée d'être le second chevalier de France... honorable et loyal vis-à-vis de son roi... mais dur, rigide, cruel, d'une humeur intraitable envers tous les autres. Le tempérament vindicatif des Celtes dominait en lui et le portait à venger la mort de son frère sur chaque anglais qui tombait entre ses mains.

— Eh! sire écuyer! s'écria-t-il de sa voix la plus dure, quelle excuse venez-vous faire pour avoir tué mon messager, avant même qu'il eût accompli sa mission?

— Je ne le reconnais pas comme messager, répondit Gaston. C'était un traître, un déserteur de notre château, qui cherchait son complice en vilenie!

— Bien! dit Olivier, aux yeux duquel la mort d'un homme d'armes était peu de chose, êtes-vous venu livrer le château à son légitime possesseur?

— Non, messire Clisson, répliqua Gaston. Je viens vous apporter la réponse du capitaine gouverneur sir Eustache Lynwood. Il défendra le château jusqu'à la dernière extrémité contre toutes et chacune de vos attaques.

— Sir Eustache Lynwood ! Que veut dire ceci, maître écuyer? Ce varlet m'a dit qu'il était mort.

— Ecoutez-moi, messire, dit Gaston. Sir Eustache Lynwood compte à la cour du prince de Galles deux mortels ennemis qui ont suborné la moitié de la garnison pour le livrer entre vos mains. Durant mon absence, ils ont presque réussi à effectuer leur trahison. La négligence d'un valet ivre leur a donné le moyen de tomber sur le chevalier pendant son sommeil et de le percer de coups, le laissant comme mort. Mon retour avec le reste de la garnison l'a sauvé, ainsi que le château où il gît vivant à la vérité, mais grièvement blessé... Maintenant j'en appelle à vous, sire Olivier, pour juger s'il convient à un bon et loyal chevalier, de se joindre à de tels mécréants pour profiter d'une aussi vile perfidie ?

— Ceci peut être un beau conte pour les oreilles de jeunes chevaliers errants, sire écuyer, répondit Clisson... Quant à moi, quoique nullement partisan de la trahison, je ne puis pas sacrifier à des scrupules les intérêts de mon roi... Votre langage et votre figure me disent que vous êtes gascon, par conséquent né homme-lige du roi Charles de France. Je vous offre, ainsi qu'à tous les autres français d'entrer à son service ou d'aller où vous voudrez avec armes et bagage, pourvu que vous me livriez le château avec tous les chiens d'insulaires qu'il contient.

— Grand merci, sire Olivier, pour un bienfait que je ne daignerais pas ramasser, s'il était jeté à mes pieds !

— Bien et bon, sire écuyer, dit Clisson, ravi de la hardiesse de la réplique. Nous nous comprenons. Adieu !

Et Gaston retourna au château, murmurant à part lui :

— Si c'eût été le bon plaisir des saints d'envoyer ici Du Guesclin, sir Eustache aurait été aussi libre, et aussi en sûreté qu'au château de Lynwood !... Mais qu'importe ?... S'il meurt de ses blessures, je ne tiendrais à la vie que pour le venger... et il me l'a rendu impossible. Ainsi, farouche Olivier, faites ce que vous voudrez !

— Holà ! cria-t-il en entrant dans la cour... A bas la herse !... le pont en haut !... Archers, tendez vos arcs !... Martin, apportez des pierres.

L'assaut ne se fit pas attendre. Clisson ne donna à ses hommes que le temps d'attacher leurs chevaux et de préparer leurs échelles, et l'attaque commença de tous les côtés.

On y résista vaillamment. La petite garnison lutta avec un courage héroïque contre les nombreuses troupes qui la pressaient par devant et par derrière, à droite et à gauche ; et le jour se passa dans ce conflit désespéré.

Sir Eustache entendait les cris : « Montjoie et Saint-Denis ! Clisson ! » d'une part... et « Saint-Georges pour la gaie Angleterre ! Un Lynwood ! » de l'autre... Il entendait le bruit effroyable des pierres, le choc des combattants, les cris de victoire ou de défaite. Parfois, il lui semblait être au milieu du combat : il serrait les dents, poussait son cri de ralliement, tâchait de se lever et de faire usage de son bras... puis il revenait au sentiment de sa position, saisissait alors son rosaire et son crucifix et mettait toute l'ardeur de son âme dans une prière fervente... Puis bientôt les cris sauvages du dehors se confondant avec le délire de la fièvre, lui faisaient croire qu'il était lui-même sir Reginald, mourant sur le champ de bataille de Navaretta, et à peine pouvait-il se rappeler au sentiment de sa propre identité.

Le jour s'écoula de la sorte... et le crépuscule faisait rapidement place à la nuit, quand les cris, depuis quelque temps plus furieux et plus rapprochés que jamais, s'apaisèrent peu à peu et finirent par cesser entièrement. Eustache put entendre le pas des hommes d'armes dans le vestibule, et Gaston montant à la hâte, détacha son casque, et essuyant son front, se jeta par terre, le dos appuyé contre le coffre en disant :

— Bien ! de toute façon, nous avons fait notre devoir !... Pauvre Brigliador ! je suis bien aise qu'il ait un bon maître dans Ingram !

— Ont-ils gagné la cour ? demanda Eustache. J'ai cru entendre leurs cris à l'intérieur.

— Oui, en vérité. Comment pouvions-nous défendre une si longue étendue de muraille avec à peine vingt-cinq hommes ? Le vieux Silverlocks et Jacques de l'Eure sont morts, Martin est grièvement blessé, et nous sommes tous refoulés dans la cour intérieure après avoir fait tout ce qui est possible à l'homme.

— J'ai entendu votre voix hardie et gaie comme toujours, dominant le tumulte, dit Eustache.

— Mais la cour intérieure pourra être longuement défendue ainsi que ce parapet en escalier où si peu d'hommes peuvent attaquer de front; c'est cela et les ténèbres qui les ont arrêtés. Je pourrai les tenir là assez longtemps pour donner aux renforts une chance d'arriver, pourvu que nos gens ne perdent pas courage; mais ils savent quel sera leur sort s'ils tombent entre les mains du boucher breton! Ah! quant aux renforts, je ne m'y attends pas plus que je n'espère voir le prince arriver à leur tête! Cent contre un qu'il ne saura pas une mot de notre détresse, et s'il l'apprend, Pembroke et Clarenham sauront retarder les troupes jusqu'à ce qu'il soit trop tard.

— Et ce sera la perte du plus important des châteaux et du cœur le plus fidèle et le plus dévoué! répondit Eustache. Mais allez, Gaston; après une telle journée, vous avez besoin de nourriture et de repos, puis les défenses doivent être visitées et les hommes égayés!

— Oui, dit Gaston se levant lentement et se penchant sur le chevalier. Mais n'y a-t-il rien que je puisse faire pour vous, sir Eustache?

— Rien, sauf de remplir d'eau ma coupe. Il est heureux pour moi que le puits du château ne soit pas encore au pouvoir de l'ennemi.

Le souper de Gaston ne lui prit pas grand temps. Il fut bientôt de retour dans la chambre du chevalier, afin de lui parler de ses plans de défense pour le lendemain; mais avec peu d'espérance que ce pût être autre chose que sa dernière lutte. Enfin épuisé de lassitude, il se laissa persuader par Eustache, et ôtant les pièces les plus gênantes de son armure, se jeta sur son lit; quelques minutes après, la régularité de sa respiration annonçait qu'il dormait.

Il s'éveilla à la première lueur de l'aurore, et se levant avec vivacité, quoique à moitié endormi, il s'écria :

— Sir Eustache, êtes-vous là? Il y a longtemps que j'aurais dû relever la garde! Puis se rappelant la réalité de la position : Oh! j'ai oublié! comment cela va-t-il, sir Eustache? avez-vous dormi?

— Non, répondit Eustache. Je n'ai pas perdu une heure de cette dernière nuit que je verrai. Tout sera bientôt fini, le soleil rougit déjà le firmament, et ainsi, Gaston, finit notre longue et si sincère amitié. Combien peu ai-je pensé qu'elle vous conduirait à la mort dans la fleur de la force et de la virilité! Et il contempla avec tristesse la haute stature et les formes athlétiques de son fidèle écuyer.

— Quant à cela, répondit Gaston, il y a peu à regretter. J'ai été une âme errante sans amis, sans patrie, et sauf vous et le bon cœur du pauvre petit Arthur, personne ne me donnera un mot de regret outre que de dire : C'était un brave et fidèle écuyer. Mais combien peu ai-je pensé quand vous avez si noblement gagné vos éperons, que telle serait votre fin, que vous mourriez diffamé, dans un antre obscur, et cela par la vile trahison de...

— Ne parlez pas de cela, Gaston, dit Eustache. J'y ai beaucoup réfléchi pendant la nuit, et Dieu m'a fait la grâce de m'y résigner. Les saints que je vais rejoindre, savent bien que si j'ai beaucoup péché sous d'autres rapports, je suis innocent des crimes dont on m'accuse ; quant à ceux qui me survivront, il y a au moins deux cœurs qui ne penseront pas mal d'Eustache Lynwood. Et maintenant, s'il en est encore temps, puisque nous n'avons pas de prêtre, je vous prie pour dernière faveur, d'entendre la confession de mes péchés.

Et Gaston s'agenouillant, le chevalier et l'écuyer, selon l'usage des guerriers de ce temps-là quand ils se trouvaient à l'extrémité, se confessèrent l'un à l'autre avec le crucifix élevé entre eux deux. De sa voix défaillante, Eustache répéta alors plusieurs psaumes et prières appropriés à la circonstance et Gaston s'y unit avec la plus sincère dévotion.

Un léger bruit commençait à se faire entendre dans le château. D'Aubricour se levant, regarda par la meurtrière qui avait vue sur la cour, dans laquelle les Français s'étaient retranchés pour la nuit, et il vit le lion rampant de Clisson flotter majestueusement au-dessus du portique de la tour.

— Ils sont encore tous plongés dans le sommeil, dit-il ; mais il faut que j'aille éveiller nos varlets à temps pour le premier assaut. En se revêtant de son armure, il dit encore : Nous ferons tout ce qui est au pouvoir de l'homme. Soyez assuré, sir Eustache, qu'ils n'arriveront à vous, qu'à travers mon corps.... que vos prières m'accompagnent ! Un baiser, sir Eustache, et nous ne nous verrons plus.

— En ce monde... Eustache acheva la phrase tandis que Gaston se penchant sur lui, le baignait de ses larmes Adieu, le plus fidèle et le plus dévoué des amis ! Partez, je vous l'ordonne ! Ne pensez pas à moi, pensez à votre devoir et aux bons anges qui nous environnent. Adieu ! Adieu !

Pour la première fois de sa vie, Gaston se sentit incapable de

parler. Il traversa la chambre d'un pas lent, presque chancelant ;
puis, faisant un violent effort, il s'élança par la porte, ferma la
visière de son casque, et après un court intervalle pendant lequel il s'était arrêté sur l'escalier, Eustache entendit sa voix
hardie et gaie, criant : « Debout, debout, mes braves, debout ! Il
ne faut pas que les chiens de Français trouvent le loup endormi
dans son repaire. Ils auront dans notre vieux donjon une pierre
dure à mordre, et ce sera notre faute s'ils la cassent avant l'arrivée de nos braves camarades de Bordeaux. »

CHAPITRE XIV.

Le château de Norbelle.

La campagne au delà des murs de Bordeaux présentait un
gai et brillant aspect. C'était dans ce lieu que les pages du prince
Noir se livraient aux jeux et aux exercices chevaleresques qui
exigeaient un espace plus grand que la cour du palais, ou qui
étaient trop bruyants pour le voisinage des dames et du royal
malade.

Tous les jeunes gens qui entraient dans cette brillante école
étaient de naissance illustre, souvent même princière, et leurs
physionomies belles et ouvertes, la noblesse de leur maintien,
leurs tournures élégantes témoignaient aussi bien de leur haute
origine que les armoiries brodées sur le devant et le dos de leurs
petites blouses. Plusieurs provinces avaient envoyé leurs plus
nobles enfants pour être formés au service des princes et des
chevaliers, les plus braves de l'époque. Là, près de l'enfant
anglais à la peau blanche et aux cheveux châtains, se trouvaient
le petit Gallois, vif et ardent, qui devait un hommage spécial
au prince Edouard, le petit flamand aux grands yeux bleus dont
les parents s'enorgueillissaient de la gloire de Philippe de
Hainaut, le gascon preste et gai, et le montagnard basané de
la Navare, tous formant un contraste mobile de physionomies,
d'habitudes et de caractères.

De tous les groupes joyeux éparpillés sur l'espace verdoyant, le plus intéressant était formé par trois jeunes garçons, debout sous un arbre et un peu écartés des autres. Les deux aînés pouvaient avoir de dix à onze ans, le plus jeune deux ou trois ans de moins, et son teint délicat, blanc et pâle, le faisait paraître trop faible et trop enfant pour les jeux actifs auxquels se livraient ses compagnons ; mais le regard seigneurial de ses yeux bleu-clair, la fermeté de sa démarche, le port si noble de sa tête exprimaient quelque chose d'imposant qui attirait plus l'attention que la rare beauté de sa figure et de ses longues boucles de cheveux blond-doré.

L'un des aînés de ses camarades lui ressemblait de manière à le faire prendre pour son frère. Il y avait la même hauteur de front, la même régularité de traits, le même éclat des yeux, mais sa peau, quoique naturellement aussi blonde, était brunie par les ardeurs du soleil, sa taille était beaucoup plus forte et plus robuste, et son regard décelait plutôt l'orgueil et l'impatience que cette autorité calme, si remarquable dans le cadet. Les trois enfants discutaient sur une flèche qu'ils venaient de découvrir enfoncée dans la terre.

— C'est la flèche que j'ai tirée, lundi dernier, par-dessus le but, dit l'aîné.

— Non, Harry, dit le plus jeune, cela ne peut pas être, car souvenez-vous que Thomas Holland dit alors que votre flèche effraierait les bonnes religieuses de Sainte-Ursule, dans leur jardin.

— Ce doit être la mienne, insista Harry, car aucun de vous ne peut tirer si loin.

— Arthur l'anglais le peut, reprit le petit garçon ; l'autre jour, il a tiré plus loin que vous de...

— Peu importe, Édouard, interrompit Harry brusquement, qui se soucie de flèches ? ce sont des armes de paysan et non de prince.

— Non, cela n'est pas ainsi, lord Harry, interposa le troisième enfant, j'ai entendu dire bien des fois à mon oncle que les archers de l'Angleterre sont la moitié de sa force, et que ce furent nos archers à la bataille de Crécy...

— Je sais tout cela, et que les Génois avaient des cordes mouillées et les nôtres des cordes sèches ; mais après tout, ce n'étaient que des paysans.

— Oui, mais un roi d'Angleterre doit savoir louer et apprécier ses bons hommes d'armes.

Henry tourna sur le talon et s'éloigna en disant : « Que la flèche soit à qui l'on voudra, je ne m'en soucie pas. »

— Savez-vous pourquoi Harry de Lancastre s'en va, Arthur ? demanda Edouard en souriant.

— Il ne peut pas supporter de rien entendre dire du roi d'Angleterre.

— Si vous m'aimez, bon Arthur, ne le taquinez pas en en parlant.

— Le père Cyrille dirait qu'il doit apprendre à se contenter du rang que lui donne sa naissance.

— Le père Cyrille encore ! dit le prince Edouard, vous ne pouvez pas passer une journée sans parler de lui ni de votre oncle.

— Je n'en parle pas tant maintenant, répondit Arthur en rougissant; il n'y a que vous, lord Edouard, qui ne vous moquiez pas de moi, quand je le fais, quoique j'aie appris à Pierre de Greilly à respecter le nom de mon oncle.

— Oui, en vérité, dit Edouard en riant ; vous lui avez bien noirci l'œil. Mais, Arthur, j'aime à entendre vos histoires de ce paisible manoir, du vieux Blanche-Etoile, et de votre oncle qui vous a appris à monter à cheval... Asseyez-vous ici sur l'herbe, et parlez-m'en encore. Mais que regardez-vous si fixement ? est-ce ce pauvre coursier épuisé que cet homme d'armes presse si impitoyablement ?

— Non... c'est... non, ce n'est pas... oui, c'est Brigliador et John Ingram lui-même, cria Arthur. Oh ! mon oncle ! mon oncle !

Et, dans un clin d'œil, il avait franchi le fossé qui entourait le champ-clos, et s'était élancé à la rencontre d'Ingram.

— Oh ! John ! cria-t-il à perte d'haleine, l'ont-ils fait ? Oh ! parle-moi de mon oncle Eustache ! vit-il encore ?

— Maître Arthur, s'écria Ingram, arrêtant son cheval.

— Oh ! dis-moi, répéta Arthur, vit-il encore ?

— Il vit, maître Arthur, c'est-à-dire quand je suis parti, il vivait encore, mais aussi grièvement blessé que jamais chevalier l'a été, et le boucher de Bretagne est après eux maintenant. Et me voici envoyé pour demander du secours, et je ne sais pas plus à qui m'adresser que le coq qui est au haut du clocher de Lynwood.

— Mais, qu'est-il arrivé, John, dis-le-moi vite ?

John raconta à sa manière gauche et confuse comment Sanchez l'avait trompé, et les funestes conséquences de son excès :

« Mais, dit-il, j'ai voué à Notre-Dame de Taunton et à saint Joseph de Glastonbury, que jamais plus... »

Arthur avait caché sa figure dans ses mains et pleurait d'indignation et de douleur en sentant son impuissance ; mais une de ses mains fut doucement retirée, et une voix amie lui dit :

— Ne pleurez pas, Arthur, mais venez avec moi, et mon père enverra du secours au château et sauvera votre oncle.

— Vous êtes ici, lord Edouard, s'écria Arthur qui ne s'était pas aperçu que le jeune prince l'avait suivi ; oh ! oui ! merci, merci ; le prince seul peut le sauver ; oh ! que je le voie moi-même, et à l'instant !

— Partons donc, dit Edouard, tenant toujours Arthur par la main.

Arthur partit d'un tel pas que le petit prince était obligé de courir à perte d'haleine à ses côtés, mais lui aussi était tout empressement, et il n'eut pas la pensée de se plaindre. Ils allèrent sans s'arrêter jurqu'à la cour du palais. Edouard passant alors devant, prit le chemin des appartements de sa mère ; il ouvrit la porte, regarda au dedans, dit à Arthur : « Il faut qu'il soit dans la salle du conseil, » et coupa court à une exclamation de lady Mande Hollande, en fermant la porte ; ils coururent alors le long d'une galerie, et entrèrent dans une autre chambre où plusieurs personnes attendaient une audience ; deux sentinelles, leurs hallebardes levées, gardaient la porte.

— Le prince est au conseil, monseigneur.

Edouard leva la tête et les faisant reculer d'un geste qui convenait à l'héritier d'Angleterre, dit :

— Je le prends sur moi.

Il ouvrit alors la porte, et, prenant Arthur par la main, le conduisit dans la chambre où le prince de Galles tenait conseil avec ses nobles et ses clercs.

Il y eut une pause causée par la surprise, quand les deux enfants s'avancèrent jusqu'au grand fauteuil sculpté sur lequel le prince était assis, et Edouard s'écria :

— Père ! sauve l'oncle d'Arthur.

— Que veut dire ceci, Edouard ? dit le prince de Galles avec un peu de sévérité. Allez trouver votre mère, beau fils ; nous ne pouvons pas vous écouter maintenant, et...

— Je ne puis pas m'en aller, père, répliqua l'enfant, jusqu'à ce que vous m'ayez promis de sauver l'oncle d'Arthur ! il est blessé ! les traîtres l'ont blessé ! et les Français prendront le château, et il sera tué. Et Arthur l'aime tant !

— Venez ici, Edouard, dit le prince, remarquant le teint animé et les yeux remplis de larmes de son fils, et dites-moi ce que tout ceci signifie.

Edouard obéit, mais sans lâcher la main de son jeune ami.

— Un homme d'armes est venu tout en sueur et couvert de poussière et sur un cheval à demi-mort, et il dit que le chevalier sera tué et le château pris, si vous n'envoyez pas de suite du secours ; et c'est l'oncle qu'Arthur aime tant !

— L'oncle d'Arthur, répéta le prince, et, tournant son regard sur la figure suppliante de l'enfant :

— Arthur Lynwood ! parlez, mon enfant.

— Ah ! monseigneur ! s'écria Arthur, pouvant à peine maîtriser sa voix, je vous prie seulement d'envoyer du secours à mon oncle au château de Norbelle, et d'empêcher ainsi qu'il soit assassiné par Olivier de Clisson.

— Si c'est d'Eustache Lynwood, au château de Norbelle, dont parle le jeune prince, dit une odieuse voix, il ne peut guère être en danger, car la garnison est plus que suffisante.

Le petit page se dressa sur ses pieds et, en regardant l'interlocuteur, ses yeux lançaient des éclairs :

— Ne l'écoutez pas, monseigneur prince, il est la cause de toute la trahison !... il est la ruine de mon oncle !... il vous a trompé avec ses mensonges !... et maintenant il voudrait être sa mort !

— Comment ! mon jeune cousin ! dit Clarenham d'un ton d'indifférence, vous oubliez en quelle présence vous vous trouvez.

— Je ne l'oublie pas, reprit Arthur avec véhémence. Devant le prince, Foulques de Clarenham, je vous déclare un faux traître ! et si vous osez le nier, voilà mon gant !

Foulques ne répondit que par un rire de dédain, et s'adressant au prince, dit :

— Puis-je prier votre Grâce de ne pas être trop sévère avec mon impertinent petit parent.

— Vous ne savez pas quel adversaire, Fulti, vous avez provoqué, dit le captal de Buch ? l'autre jour, j'ai rencontré mon neveu, le petit Pierre ; il avait l'œil aussi noir que les mouches que nous portions jadis aux jours de nos exploits de chevaliers errants. A quelle guerre vous êtes-vous trouvé, maître Pierre, lui ai-je demandé ? C'était Arthur, l'anglais, qui s'était battu avec lui, parce que Pierre s'était moqué de sa tendresse pour son oncle. Mais il ne faut pas rougir, ni être déconcerté, mon petit Anglais. Je ne te garde pas plus de rancune que Pierre; je voudrais seulement avoir un aussi brave champion. Je me souviens de ton oncle, si c'est le jeune homme auquel le connétable se rendit à Navaretta et dont nous avons fait tant de cas.

— Trop alors, et trop peu après, dit le vieux sir John Chandos.

— Vous ne savez pas tout, Chandos, dit le prince.

— Vous ne savez pas tout vous-même, monseigneur, dit Arthur se retournant avec vivacité, lord de Clarenham vous a trompé en vous faisant croire que mon oncle voulait me faire du mal pour hériter de mes biens, tandis que c'est lui qui veut m'avoir entre ses mains pour me façonner à son gré. C'est lui qui a placé des traîtres dans le château de Norbelle pour tuer mon oncle et le livrer à l'ennemi, ils l'ont déjà blessé à mort.

Ici les lèvres d'Arthur tremblèrent, et il eut peine à retenir un torrent de larmes.

— Et ils ont appelé Clisson, le boucher; Gaston résistera tant qu'il pourra, mais si vous n'envoyez pas des renforts, monseigneur, il sera... sera tué, et le bon Gaston aussi.

Arthur, incapable de se maîtriser davantage, se couvrit la figure de ses mains et éclata en larmes et en sanglots.

— Prenez courage, mon garçon, dit le prince avec bonté, nous aurons soin de votre oncle.

Puis regardant ses nobles, il continua :

— Il paraît que ces varlets ne nous laisseront pas de paix; puisqu'on dit qu'il y a un chevalier et un château en danger, un de vous fera bien de partir avec une petite troupe et d'éclaircir ce mystère. Si la chose est comme l'enfant l'a racontée, Lynwood a été odieusement trahi.

— Je me charge volontiers de l'affaire, monseigneur, dit Chandos, je tiens mes hommes toujours prêts, et une nuit de galop fera tout le bien du monde à des paresseux.

Arthur essuyant ses larmes dont il avait tant de honte, regarda le vieux chevalier avec transport.

— Mille grâces, Chandos, dit le prince, je ne confierais cette expédition à personne aussi volontiers qu'à vous, et cependant j'aurais eu peine à vous demander ce service, me souvenant que vous n'avez pas été aussi prompt dans une occasion toute récente.

— Mylord de Pembroke conviendra cependant que je suis

arrivé à temps, répliqua sir John; c'était sa propre présomption et sa témérité qui l'avaient précipité dans ce mauvais pas, et il ne perdra rien de la leçon. Mais ce jeune chevalier parait avoir rencontré cette mésaventure sans qu'il y ait eu de sa faute, et je désire lui voir rendre justice, car je le connais bien : il est bon et brave.

— Comment ces nouvelles sont-elles arrivées? n'avez-vous pas dit quelque chose d'un homme d'armes, mes enfants?

— Oui, monseigneur, dit Arthur, John Ingram, l'homme d'armes attaché au service personnel de mon oncle, est venu en toute hâte sur Brigliador. Je l'ai envoyé à la salle des gardes où il attend; mais que votre Grâce daigne le voir.

— En vérité, dit Chandos, je voudrais avoir l'assurance que je ne pars pas sur un conte en l'air. Permettez qu'il vienne ici, Monseigneur.

— Faites-le appeler, dit le prince à Arthur.

— Et en même temps, dit Chandos, envoyez chercher mon écuyer Henri de Neville. Les hommes pourront revêtir leurs armures en attendant.

John Ingram fit son entrée encore tout couvert de poussière, ses cheveux pendant par mèches sur son front dans le plus parfait désordre, et ses mâchoires encore agitées par la mastication d'un énorme morceau de pâté. Son récit quoique confus ne permettait aucun doute, quant à la position où il avait laissé le château de Norbelle et son gouverneur, le meilleur chevalier de la chrétienté : « Enfin, ajouta le vieux soldat, il m'a donné la main en gage de son pardon! »

— Il t'a pardonné, mais pourquoi? demanda le prince.

— Ah! monseigneur, je puis parler de trahison, mais je suis un des traîtres moi-même. Le bon chevalier ne m'avait-il pas dit de veiller et de faire de fréquentes visites dans le château pendant qu'il se reposait après sa longue veille. Et voilà qu'arrive ce rusé scélérat, le sénéchal Sanchez, avec sa voix hypocrite : « C'est une froide nuit, ami John, le chevalier t'éveille de bien bonne heure; descendons à l'office et buvons un verre de Lirès en toute amitié. » Je descends, idiot que j'étais, en pensant que mon capitaine était trop rigide, qu'il tenait les rênes trop serrées et qu'il fallait bien vérifier le proverbe : Quand le chat dort, les souris dansent. Mais le vin était drogué, monseigneur, car un seul verre a suffi pour me priver de mon bon sens, jusqu'au moment où j'entendis maître Gaston criant

comme un frénétique · « A la trahison ! » Mais le chevalier m'a
pardonné, et j'ai juré à Notre-Dame de Taunton et à saint Joseph
de Glastonbury que jamais une goutte de vin épicé ou non épicé
ne mouillera mes lèvres !

— C'est un vœu salutaire, répondit le prince, et voici un
souvenir pour t'en faire rappeler ; et il mit dans la main de
John une chaîne de quelque valeur. Retourne à la salle des
gardes où tu seras entretenu jusqu'à ce que nous ayons encore
besoin de toi, comme cela pourra se faire si, comme tu le dis, tu
as été longtemps au service de sir Eustache Lynwood. Mais
quoi ? as-tu encore quelque chose à dire ?

— Je voudrais dire, s'il vous plaît, monseigneur, que vous
me laissiez reprendre ma course vers le château de Norbelle. Ce
noble chevalier !... je dois tous mes services à sir Eustache,
et je ne saurais me reposer avant d'avoir de ses nouvelles.

— Comme tu le voudras, mon brave garçon, dit le prince ;
et vous, Chandos, venez avec moi dans ma chambre, je voudrais
vous parler avant votre départ.

— Monseigneur, dit Arthur, voudriez-vous m'accorder une
faveur ? celle d'aller avec sir John au château de Norbelle.

— Vous aussi ? vous me ferez presque croire que vous êtes
tous attirés par quelque charme magique vers ce château.

Mais l'empressement du petit page arracha un consentement,
et il partit à cheval avec la troupe de Chandos ; le pauvre
enfant était toute hardiesse au commencement, mais ses forces
s'épuisèrent peu à peu, et, à la tombée de la nuit, sir John ordonna qu'on le plaçât devant un troupier où il perdit bientôt
tout sentiment de la rapidité de la marche. Il était grand jour,
quand il fut éveillé par le cri de : «Halte ! » et la première parole
qu'il entendit fut : « Le pennon de saint Georges est encore
intact ! » Il se releva, regarda en avant et vit dans le lointain une
haute tour noire s'élevant au bord d'un ruisseau : « Château-
Norbelle ? » demanda-t-il.

— Oh ! oh ! mon petit page, dit Chandos ; te voilà encore en
vie ! Oui, c'est Château-Norbelle, et il paraît que nous arrivons
à temps ! mais monte vite sur ton poney ; et voyons si Olivier est
là lui-même, nous aurons une rude besogne. Tenez-vous, mon
enfant, à côté du vieux maître licencié Liech ; il vous gardera
de tout danger. Maintenant, serrez les rangs, lances au repos.
Arcs baissés. En avant, bannière !

Arthur, peu content du compagnon qu'on lui avait assigné,

s'arrangea de manière à tenir son poney un peu en arrière des
deux écuyers de sir John, pendant que tout l'escadron descendait
la pente et montait l'élévation sur laquelle se trouvait le château. Ils commençaient à distinguer les cris des combattants, le
fracas des armes, tout le tumulte de l'attaque et de la défense
parvenues au comble de la rage.

— Ho! ho! ami Olivier! nous vous tenons dans un piége!
dit le vieux Chandos en grande joie comme il se rapprocha des
murs du castel.

— Neville, garde les portes !

Il ordonna à la moitié de la troupe de rester au dehors pour
couper la retraite. Le médecin juif choisit son poste par derrière tout près du fossé... mais Arthur ne fit pas de même...
Oublié, on ne fit plus attention à lui, et il en profita pour suivre
de près l'écuyer qui accompagnait sir John Chandos. Ayant traversé le pont, ils trouvèrent les portes ouvertes ; la cour ren-
fermait une masse confuse d'hommes qui luttaient, et d'armes
étincelantes. C'était la dernière et la plus furieuse attaque, au
moment où Clisson, exaspéré de la longue résistance d'une poignée d'hommes, concentrait toutes ses forces dans un effort
suprême. Dans la surexcitation de l'assaut, il ne remarqua pas
que les sentinelles avaient transgressé ses ordres en se mêlant à
la foule, et s'efforçaient d'écraser la petite troupe qui défendait
le donjon.

Chandos s'élança dans la cour suivi de ses guerriers qui
criaient de toutes leurs forces : « Saint Georges ! saint Georges !»
Effroyables furent les cris d'horreur et de douleur qui y répondirent. Renfermés, attaqués en face et de flanc, toute retraite
interceptée, les Français cherchaient en vain une issue ; quelques-
uns succombèrent sous la puissante attaque des assaillants, quelques-uns demandèrent miséricorde et se rendirent prisonniers.
Clisson, voyant que tout était perdu, brandissant sa lourde hache
autour de sa tête, s'ouvrit un chemin à travers les hommes
laissés à l'extérieur, et, frappant à mort un palefrenier qui tenait
un cheval, il le monta et s'éloigna à son aise, tant il avait confiance dans sa force herculéenne.

On avait fait si peu de résistance, que la conduite téméraire
d'Arthur ne l'exposa qu'à peu de danger. Il fut porté en avant
et n'eut connaissance que d'un affreux tumulte où tous frappaient
et se choquaient ensemble. Enfin, les cris se calmèrent et firent
place à des gémissements et à des demandes de miséricorde.

Tout à coup, Arthur entendit une porte qui s'ouvrit, et un mouvement de la foule le pousse dans cette direction. Les lourdes portes fendues çà et là par la hache de Clisson s'ouvrirent, la foule entra et il ne vit plus rien... Il se jeta à bas de son poney, se fraya un chemin et parvint enfin à sir John Chandos qui descendait de cheval, aidé par un personnage couvert de poussière et de sang et dont la haute stature et les cheveux noirs et bouclés, qui paraissaient à travers son casque brisé, faisaient assez reconnaître pour Gaston d'Aubricour.

Arthur s'élança en avant, le cœur gonflé ; mais ni le chevalier ni l'écuyer ne firent attention à lui... ils échangeaient rapidement questions et réponses sur... Il ne savait pas quoi... il ne s'agissait pas de son oncle... Emporté par son impatience, il les dépassa et monta quatre à quatre l'escalier de pierre. Plus d'un cadavre barrait le chemin, mais il passait par-dessus... Une demi-douzaine d'hommes dans le même état que Gaston étaient debout sur les marches d'en haut et s'appuyaient sur leurs armes ou contre le mur comme des gens épuisés. Ils étaient tournés du côté de la cour, et ne firent aucune attention à l'enfant qui passa auprès d'eux pour entrer dans le vestibule ; deux hommes y gisaient, couchés près du feu. Arthur regarda autour de lui, hésitant pour savoir s'il devait demander où se trouvait son oncle ; mais apercevant l'escalier tournant, il le monta comme un éclair. Parvenu en haut, il s'arrêta et vit une chambre voûtée, éclairée par un rayon doré du soleil qui pénétrait à travers une meurtrière, et à la faveur duquel il distingua, à l'extrémité de l'appartement, un lit sur lequel était étendu un corps sans mouvement. Le cœur palpitant, Arthur s'approche sur la pointe de ses pieds... il regarde le visage... il était d'une pâleur mortelle. Il resta comme anéanti... pouvait-il être... Oui, ce devait être son oncle Eustache.

CHAPITRE XV.

Faveur inespérée.

La matinée était peu avancée et le petit coin du ciel que l'on pouvait entrevoir par la fenêtre de la tourelle était encore doré de la brillante lumière du matin, quand sir Eustache s'éveilla. Tout autour de lui était parfaitement tranquille, et, sans ses douleurs et sa faiblesse, il aurait pu croire qu'il sortait d'un rêve de tumulte et de combat.

Il vit à quelque distance, sur une peau de brebis, la figure orientale du médecin juif, et, au pied de son propre lit, le petit Arthur, moitié couché, moitié assis, la tête posée sur les armes croisées de son oncle, et ses longues boucles flottant autour de sa figure. Tout était une énigme pour le chevalier ; ses souvenirs confus étaient rendus plus confus encore par une excessive faiblesse. Le temps s'écoula en conjectures et en vagues réminiscences, jusqu'à ce que le son du réveil et les appels des sentinelles lui fissent comprendre que le château était occupé par bon nombre de personnes. Arthur dormait encore et Eustache évitait le moindre mouvement qui aurait pu le déranger. Enfin, un pas léger franchit le seuil de la porte, et les yeux de Gaston se fixèrent avec anxiété sur le lit du blessé. Eustache levant la main, lui fit signe d'entrer et de ne pas faire de bruit.

— Comment cela va-t-il, sir Eustache ? Vous devez être mieux ; je vois encore une fois de la vie dans vos yeux.

— Je suis un autre homme depuis hier, Gaston ; mais prenez garde... voyez là.

— Il y a peu de danger d'interrompre un tel sommeil, dit Gaston. C'est un enfant au noble cœur, et si nos affaires vont mieux à l'avenir, ce sera son ouvrage.

— Qu'est devenu Clisson ?

— Il s'éloignait au galop, quand maître Henry Neville l'a

aperçu ; il a mérité par là une fameuse semonce du vieux
Chandos.

— Sir John Chandos ici !

— Oui, et ronflant tout à son aise dans votre fauteuil sculpté,
avec ses pieds sur mon siége de chêne.

— Sir John Chandos ! s'écria encore Eustache.

— Et quand même ! Tous les remercîments soient dus à ce
galant jeune page, qui...

L'ardeur de Gaston avait éveillé le médecin qui commença à
murmurer de ce que son patient recevait des visites sans sa
permission. Pendant le temps qu'il mit à examiner les blessures
d'Eustache et à déclarer qu'elles étaient déjà en voie de guérison, tout le castel fut sur pied, et Arthur, à son grand regret,
fut envoyé en bas pour servir sir John à déjeuner, avant qu'il
eût complètement la conviction que son oncle pouvait lui parler.

Il monta peu après pour annoncer la visite de Chandos lui-
même. Le vieux guerrier le suivit de près ; s'arrêtant à la porte,
il regarda autour de lui, frappé de l'aspect misérable de l'appartement. Les murs nus, une flèche qui s'était arrêtée entre les
pierres au-dessus de la tête d'Eustache, le manque absolu de
meubles, le manteau du chevalier et celui de Gaston servant
seuls de protection au malade contre l'air froid et humide de
la nuit, leurs brillantes nuances et leurs riches broderies con-
trastant avec la pauvre apparence de tout ce qui était dans la
chambre et avec les traits si nobles quoique livides du blessé,
ainsi qu'avec les gracieuses allures et les cheveux dorés du bel
enfant qui se penchait sur lui...

Mais sir John voyait tout cela avec satisfaction.

— Eh bien ! mon jeune et brave ami, dit-il en s'approchant,
comment vous trouvez-vous ce matin ? Vous avez l'air animé.
J'espère que nous vous verrons bientôt encore à cheval.

— Grâces aux saints et à vous, sir John, répondit Eustache.
Je crains que vous n'ayez été mal logé cette nuit, car vous le
voyez, j'occupe la chambre de parade.

— Tant mieux, sir Eustache, répondit Chandos. Cela me
fait du bien à l'âme de voir une chambre comme celle-ci.
Point de ces tapisseries et de ces tentures dont s'entourent
les jeunes chevaliers de nos jours ; les castels sont bâtis pour
résister à l'ennemi, et non pour devenir des boudoirs de femme.
Je ferai monter ici mon gentil maître Neville pour lui montrer
comment un bon chevalier doit être logé.

— Je crains qu'il ne se laisse pas persuader de suivre un tel exemple, dit Eustache en souriant, puisque toute notre simplicité ne nous aurait pas sauvé, sans votre arrivée. Nous espérions peu voir la lumière de ce jour.

— C'est vrai ; mais où trouverai-je une garnison qui se défendrait comme celle-ci vient de le faire, grâce à vous et à votre écuyer. Quand j'ai eu considéré ce fort, appris votre nombre et le temps pendant lequel vous avez résisté, j'ai cru être revenu aux bons vieux jours de Calais. Et voici mon jeune écuyer, sans éperons encore, bien qu'il ait cinq bonnes années de plus que vous, qui me fait une mine aigre, parce qu'il a dû passer la nuit sur un banc, et cela après avoir laissé Clisson lui glisser entre les doigts, sans même qu'une égratignure fût donnée ou reçue. Cela me fait mal au cœur d'y penser ! Mais tout marche à la ruine depuis que le prince ne peut plus servir d'exemple lui-même.

— Le prince est-il mieux pour la santé ?

— Oui, on le prétend ; mais ses traits me disent une autre histoire, et je n'espère plus le revoir à cheval, répondit le vieux guerrier avec un profond soupir. Mais j'ai des ordres à exécuter ici, et j'ai beaucoup à vous demander. Sir Eustache, je le fais d'autant plus volontiers que je me réjouis de voir la justice rendue à un brave chevalier.

— Le prince aurait-il ordonné qu'on fasse une enquête sur ma conduite ? demanda joyeusement Eustache. C'est ce que je désirais le plus ardemment.

— Et savez-vous qui il faut en remercier, dit sir John. Ce petit gamin qui est là au pied de votre lit. Ce fut lui qui, avec le petit prince Edouard, força la porte du conseil et ne permit pas qu'on dît un mot de plus avant de faire connaître votre danger, de donner en face un démenti à Clarenham, et de le défier de prouver ses accusations. Quand ce combat aura-t-il lieu, beau page ?

Arthur devint cramoisi, baissa les yeux, puis les relevant, il répondit d'un ton ferme :

— Demain, messire, si besoin était ; car Dieu défendrait mon droit.

— Bien parlé, maître page ! mais que vos jeunes ans ne soient pas beaux en paroles et vides d'œuvres !

— C'est le même avertissement que vous m'avez donné, sir John observa Eustache.

— Quand vous pensiez que je voyais avec froideur et mécontentement vos nouveaux honneurs, dit Chandos... J'avoue que j'ai trouvé que le prince conférait un peu trop légèrement le degré de chevalier, et que je le pense encore, sir Eustache. Mais j'ai su ensuite que vous étiez plus solide que je ne le croyais. Je vous ai vu aussi assidu à l'étude de tout ce qui tient à la chevalerie, que si vous aviez encore vos éperons à gagner, et j'ai compris que le prince s'était donné en vous un jeune et fidèle serviteur.

— S'il avait eu confiance en moi! dit Eustache.

— Il a été trompé par des flatteurs qui ont gagné son oreille. Il n'en aurait pas été ainsi si j'avais été à la cour, mais les affaires ont été menées bien contre mon conseil. Il se peut que j'aie été trop libre en paroles, oubliant qu'il n'est plus le jeune homme commis à ma charge, il se peut qu'il ait été précipité, et cependant, quand je considère sa tournure si changée, sa figure abattue et livide, je ne puis le blâmer, et vous ne le pouviez pas non plus, sir Eustache; il faut l'excuser, quoique je craigne que vous n'ayez été victime d'une cruelle injustice.

— Moi blâmer notre glorieux prince! s'écria le jeune chevalier. J'aimerais autant m'en prendre au soleil, parce que les nuages me dérobent parfois sa bienfaisante influence.

— Les nuages seront probablement dispersés par une vengeance, dit Chandos. La confession de ces traîtres là-bas, vous lavera de tout ce que vos accusateurs ont avancé contre vous en dévoilant leur vilénie et leur bassesse.

— Comment! Sanchez et ses complices se sont-ils rendus?

— Oui. Ils se sont tenus enfermés dans la tour de Montfort jusqu'à ce qu'ils aient perdu tout espoir de secours du dehors; craignant alors de mourir de faim, ils ont été forcés de se rendre et sont sortis en demandant à grands cris qu'on leur laissât la vie. Comme vous pouvez le croire, j'aimerais autant épargner la vie d'un loup, et les cordes étaient déjà autour de leurs cous, quand votre écuyer à noir visage me pria de tâcher de tirer d'eux quelque connaissance du complot; et, en toute vérité, ils m'ont raconté une merveilleuse histoire: que Clarenham les a placés ici pour vous vendre à l'ennemi, que Sanchez devait introduire par un passage secret... et qu'il l'eût fait depuis longtemps, si vous n'aviez pas découvert ce passage et exercé, ainsi que votre écuyer, une si constante vigilance qu'il n'a pu trouver aucun moyen d'exécuter son dessein, et que tous croient fermement que vous êtes en rapports directs avec le mauvais esprit. Aviez-vous quelque raison de soupçonner leurs perfides intentions?

— Oui, répondit Eustache en regardant Arthur. Avoir reconnu le Borgne-Basque dans le sénéchal aurait déjà suffi pour nous mettre sur nos gardes.

— Mais le passage? demanda Chandos. Quelle connaissance en aviez-vous? ils jurent que vous n'avez pu le découvrir que par le moyen de la magie.

— Nous l'avons trouvé après une longue et diligente recherche.

— Mais d'où vous est venue l'idée de le chercher? Il est de vos intérêts d'éclaircir cette affaire, car cette accusation de sorcellerie s'attachera à vous comme un vampire d'autant plus que vous êtes un peu savant.

— C'est moi qui l'en ai averti, sire chevalier, dit Arthur en s'approchant.

— Vous, jeune page! s'écria sir John. Plaisantez-vous? Ha! comme les pages, vous avez donc écouté aux portes. Je l'aurais difficilement cru de vous.

— Oh! mon oncle! s'écria Arthur; vous ne me croyez pas capable de quelque chose de si vil. Dites que vous, au moins, vous vous fiez à ma parole, quand je dis que j'ai appris leurs complots d'une manière qui ne déshonore en rien le fils de sir Reginald Lynwood.

— Je te crois, Arthur, répondit son oncle; je serais d'ailleurs la dernière personne du monde à qui tu aurais apporté des informations reçues d'une telle façon.

— Et comment en avez-vous eu connaissance? demanda sir John.

— C'est un secret, répondit Arthur, que j'ai promis de ne jamais dévoiler.

— Etrange! par trop étrange! répéta le vieux chevalier en secouant la tête. Clarenham et Ashton n'auront certainement pas confié leurs projets à quelqu'un capable de vous en avertir. Et vous ne voulez ou ne pouvez m'en dire davantage?

— Non, pas davantage, répondit l'enfant. On m'a dit d'avertir secrètement mon oncle de l'entrée secrète des caves et de la trahison projetée par la garnison. Je l'ai fait, et quiconque dit quelque chose de déshonorant de lui ou de moi, ment par sa gorge.

— Pouvez-vous deviner cette énigme, sir Eustache? demanda

Chandos, remarquant avec un peu de méfiance que la pâle figure du blessé se colorait légèrement.

— Je ne sais que ce qu'il vous a dit, sir John, répondit-il.

— Vous ne devinez rien de plus? mais ma question n'est peut-être pas discrète. Et maintenant, poursuivons, car je veux faire voir au prince toute la noirceur des mensonges dont il s'est laissé duper.

Il continua à s'enquérir des détails des funérailles de lady Eléonore, de la dispute qui y eut lieu, de l'enlèvement d'Arthur avec une partie considérable de sa fortune, du long délai sur le chemin de Lynwood à Bordeaux, délai qui avait donné à ses ennemis tant de facilité pour noircir son caractère. Eustache expliqua le tout à la parfaite satisfaction de Chandos et en appela à de nombreux témoins.

— C'est bien, dit le vieux chevalier; nous aurons toute l'affaire aussi claire que la lumière du jour; ce qui m'étonne, c'est que le prince ait pu se laisser tromper pendant si longtemps par de si monstrueux mensonges. Voyons, votre droit à la tutelle est établi?

— Oui, il a été décidé par l'évêque de Winchester.

— Permettez-moi de vous dire, sir Eustache, que vous vous êtes fait peu de bien en intéressant le duc de Lancastre à votre cause. Je crois que c'est là ce qui a le plus aigri le prince.

— C'est une justice et non une faveur que j'ai demandée, répondit Eustache.

— En vrai chevalier, dit sir John; ainsi, ce recours a été plutôt l'ouvrage de vos amis que le vôtre. Je n'ai jamais aimé ce jeune John de Lancastre, et encore moins depuis qu'il a cherché à se faire un parti. Je parie qu'il a inspiré au prince une méfiance de tous les oncles. Ha! petit varlet! ajouta-t-il, comme son regard rencontra celui d'Arthur, puisque vous avez gardé un secret, gardez-en un second, ou mieux encore, oubliez ce que je viens de dire. Me comprenez-vous?

— Je réponds pour lui, dit Eustache.

— Et maintenant, reprit Chandos, il faut que je me remette en route; car cette expédition à Besançon demande que l'on s'en occupe. Mais que faisons-nous du petit page?

— Oh! je reste ici, s'écria Arthur avec vivacité. Le prince y a consenti. Oh! je vous en prie, sir John, laissez-moi ici?

— Dans ce triste vieux castel, Arthur? dit Eustache; séparé de tous tes camarades. Ce ne sera pas comme à Lynwood, car à peine si tu pourras sortir au delà des murs, et moi étant toujours couché, Gaston, occupé sans relâche, tu trouveras le temps bien long.

— Pas avec vous, mon oncle ! Je m'assiérai à côté de vous, je vous soignerai et je vous ferai la lecture. Il y a si longtemps que je n'ai été avec vous ! Oh ! ne me renvoyez pas ! je ne me soucie pas de camarades... de rien dans le monde, excepté de vous !

— Laissez-le rester, dit sir John. Cette école lui sera plus profitable que celle de tous ces petits varlets dorés, choyés par les dames de la princesse Jéhanne.

Les deux chevaliers firent alors quelques arrangements pour la réorganisation de la garnison. Sir John laissa un nombre suffisant d'hommes pour défendre le château, en cas d'un second siége. Il était tenté de laisser maître Henry Neville pour les commander ; mais, par égard pour Eustache et Gaston, il épargna à son gentil écuyer un poste dont celui-ci n'avait nulle envie. Le médecin juif ne désirait pas non plus prolonger son séjour auprès d'un patient qu'il soupçonnait n'avoir pas le moyen de le dédommager de toutes les incommodités qu'il aurait à souffrir à Norbelle. Il déclara donc que sir Eustache n'avait plus besoin de ses soins, et lui ayant recommandé le repos et laissé une bonne provision de remèdes, il sella son cheval pour accompagner sir John Chandos.

Le vieux guerrier prit congé en faisant mille souhaits affectueux pour le prompt rétablissement de son jeune frère d'armes, et promit qu'il aurait bientôt des nouvelles de Bordeaux. Dix minutes après, Arthur debout à la fenêtre, annonça à son oncle que la troupe s'éloignait avec le pennon de Clisson emporté en triomphe, et que Sanchez et ses complices suivaient avec leurs pieds attachés ensemble sous le ventre de leurs chevaux.

CHAPITRE XVI.

Charité chrétienne.

Quatre ou cinq semaines s'étaient écoulées depuis que sir John Chandos avait quitté le château de Norbelle.

Le chevalier avait presque retrouvé ses forces, mais il portait encore le bras en écharpe. Un soir, assis sur les créneaux, il entretenait Gaston et Arthur d'une interminable histoire chevaleresque, lorsque tout à coup il vit s'approcher trois ou quatre cavaliers, portant les couleurs et les livrées du Prince-Noir. Chevalier, écuyer et page descendirent dans la cour pour y recevoir les messagers dont le chef, un homme d'armes avancé en âge, salua respectueusement sir Eustache et lui remit un rouleau de parchemin attaché avec de la soie écarlate et bleue, portant les lourds cachets du prince de Galles, duc d'Aquitaine, et adressé au « Très-honorable chevalier banneret, sir Eustache Lynwood, gouverneur du château Norbelle, pour être remis en ses mains. » Ce document portait la signature d'Edouard lui-même et contenait son ordre à Eustache de se rendre immédiatement à la cour de Bordeaux et de remettre au porteur le commandement du château de Norbelle.

Le vieil homme d'armes fut questionné en tous sens pour savoir l'état actuel de la cour ; mais il ne put donner que peu d'informations. Sir John Chandos était à Bordeaux, et assistait tous les jours au conseil, auquel le prince était plus assidu que jamais ; un vaisseau était arrivé d'Angleterre portant des dépêches du roi, voilà tout ce qu'il sut leur dire.

Le lendemain, Eustache, Gaston, Arthur et Ingram, tous pleins d'espoir et d'attente, et enchantés de quitter le sombre vieux castel, reprirent la route de Bordeaux. D'après les ordres du prince, ils passèrent la nuit dans une hôtellerie à environ douze lieues de la ville, et expédièrent Ingram en avant afin

d'annoncer leur arrivée pour dix heures du matin, le jour
suivant.

On se préparait évidemment à quelque grand spectacle ; car
les simples et doux Bordelais, en habits de fête, paraissaient
tous se diriger vers le palais. Le chevalier et sa suite ne s'arrêtèrent pas à faire des questions, et, suivant la foule, arrivèrent
bientôt en face des portes de la cour, où ils trouvèrent des sentinelles placées pour tenir en respect l'immense multitude. S'inclinant au nom de sir Eustache Lynwood, elles l'admirent avec
ses compagnons dans la cour.

— Ah ! s'écria Gaston, que veut dire ceci ? allons-nous avoir
un carrousel ? Ceci me rappelle les bons vieux jours avant que
le prince fût tombé malade. Les barrières, les galeries, les
dames, le siége de parade du prince aussi ! Oh ! sir Eustache, je
m'arracherais les cheveux de désespoir de ce que vous ne
pouvez pas encore manier l'épée.

— Est-ce un cartel de la part de Foulques ? demanda Eustache ? ou serait-ce sa réponse au vôtre, Arthur ? Cependant
cela ne peut pas être. Et voyez, il n'y a pas de barrière au
milieu, seulement un gros billot... Que veut-on faire ?

— Je ne vois pas Agnès dans les galeries, dit Arthur regardant tout autour. Et voici la princesse... et avec elle lord
Edouard et le petit lord Richard ? Et voici le prince qui s'ap-
puie sur le comte de Cambridge ! Oncle Eustache, lord Edouard
me fait signe, puis-je courir à lui ?

— Viens avec moi, puisqu'il faut que je me présente, dit le
chevalier sautant à terre, tandis qu'un écuyer du prince tenait
son destrier.

— Oh ! s'écria encore Arthur, quel est ce chevalier nain à
sourcils épais, assis à la droite du prince ?

Eustache pouvait à peine en croire ses yeux, lorsqu'il regarda
du côté indiqué par l'enfant.

Le groupe royal était maintenant assis sur une estrade élevée.
Le prince, sur son siége de parade, avait quelque chose de plus
vif dans le regard, de plus vigoureux dans les mouvements,
que lorsque Eustache l'avait vu avant son départ de Bordeaux.
Sa royale épouse se trouvait à son côté ; ses traits conservaient
encore la majesté si remarquable chez la belle pucelle de Kent...
mais l'inquiétude avait fané et détruit sa fraîcheur. Elle
veillait son noble seigneur avec un regard plein d'angoisse ;
à peine faisait-elle attention au charmant enfant qui s'attachait

à elle, et dont le teint si blond, les longs cheveux dorés et les traits déjà si parfaitement formés, annonçaient cette beauté qui devait distinguer la physionomie de Richard II.

Le prince avait à sa main gauche, sa belle-sœur, la comtesse de Cambridge, une infante d'Espagne, dont le mari Edmund, plus tard, duc d'York, était à côté de la princesse de Galles. Mais le plus étonnant de tout ceci, c'est que le connétable de France était au milieu d'eux. Le prince Edouard et son cousin, Henry de Lancastre se tenaient en qualité de pages, de chaque côté de la princesse, mais en voyant approcher Arthur avec son oncle, ils s'élancèrent en bas de la galerie à sa rencontre et chacun lui prit une main. Edouard, se souvenant du respect qu'il devait, malgré son rang, à un chevalier banneret, salua sir Eustache, qui, sur un signe du prince, franchit les degrés de l'estrade et fléchit le genou devant son seigneur suzerain.

— Non, sir Eustache, dit le prince en s'inclinant ; c'est plutôt moi qui devrais fléchir le genou pour vous demander pardon ; je vous ai méconnu et je crains d'avoir manqué à la promesse donnée à votre frère dans la plaine de Navaretta.

— Oh ! ne parlez pas ainsi, mon gracieux seigneur, dit Eustache, ses yeux se remplissant de larmes. Vous avez été trompé par les calomnies de mes ennemis.

— C'est vrai, sir Eustache, mais il y eut un temps où Edouard d'Angleterre n'aurait pas écouté une histoire scandaleuse sur un de ses chevaliers éprouvés, sans l'examiner à fond. Je ne suis plus ce que j'étais... La maladie m'a énervé, et je le crains, m'a fait faire plus d'une action qui ternira ma renommée. Qui aurait osé me dire que je permettrais un jour que mes châteaux fussent transformés en piéges pour mes fidèles chevaliers ? Et maintenant, sir Eustache, que je suis au moment de réparer mon injustice envers vous, donnez-moi l'assurance de votre pardon, comme à un homme qui devra bientôt rendre compte de toutes les actions de sa vie.

Le prince prit la main du jeune chevalier qui luttait avec violence contre son émotion.

— Et voici un autre ami, ajouta-t-il... un ennemi à la guerre, et qui s'est montré un ami plus fidèle que beaucoup d'autres.

— La bonne rencontre ! mon héroïque filleul ! Je me réjouis que mon voisin Olivier n'ait pas mis fin à vos faits d'armes.

— Je m'étonne... Eustache hésita. Le prince comprit ce qui l'embarrassait et dit :

— Il vous croit prisonnier, messire Bertrand. Non, sir Eus-

tache, messire le connétable n'est captif que de sa bonne volonté
envers vous. Je lui ai écrit en le priant de m'envoyer son témoignage sur les dernières paroles de votre frère, et il m'a répondu
par une offre qui nous fait trop d'honneur, celle de devenir notre
convive.

— Séparée de ma savante dame Tiphaine, je ne suis pas un
écrivain, dit brusquement Du Guesclin. Cela m'a coûté moins de
peine de venir ici à cheval que d'écrire trois lignes... En outre,
j'avais grande envie de renouveler mes vieilles connaissances
anglaises et de vous voir justice rendue, beau filleul.

Pendant ce temps les trois garçons chuchotaient ensemble.

— Tout est bien, glorieusement bien ; n'est-ce pas, Arthur,
comme je vous l'avais promis ? dit Edouard. Je savais bien que
mon père arrangerait tout d'après son noble cœur.

— Qu'a dit le maître des damoiseaux ? demanda Arthur, apercevant ce sévère fonctionnaire dont la vue réveilla certaines
terreurs à demi-oubliées.

— Oh ! lui, le vieux sauvageon ! dit Henry... il parut assez
aigre d'abord ; mais Edouard tint parole et ne dit pas un mot
de vous jusqu'à ce que vous fussiez à une bonne distance de
Bordeaux ; et puis, quoiqu'il menaçât de se plaindre à monseigneur le prince, il était trop tard pour rien raccommoder. Et
quand sir John Chandos revint et l'engagea à se calmer, il dit
que vous suffiriez pour pervertir toute une armée de pages.
Quant à nous, nous aurions désiré de tout notre cœur que
quelques-uns de nos oncles se fissent trahir.

— Mais que signifient tous ces préparatifs ? demanda Arthur.
Sûrement, ce n'est pas un de ces tournois que je désire tant
voir ?

— Non, répondit Edouard. Il ne peut pas y en avoir, tant
que mon père sera si faible et malade. Mais les trompettes
sonnent ! Vous verrez bientôt de quoi il s'agit.

Au son des trompettes, des hérauts magnifiquement équipés
entrèrent à cheval dans la cour, suivis d'une garde d'hallebar-
diers au milieu desquels marchait un chevalier à brillante armure, la visière baissée ; mais son bouclier et son écu le firent
reconnaître pour le baron de Clarenham.

Les trompettes cessèrent de sonner, quand le cortége eût
atteint le centre de la lice. Les hommes d'armes firent halte, et
se rangèrent en ligne de manière à ce que Aquitaine, le roi
d'armes, se trouvât juste en face du prince. Après un nouveau

signal, le hérault déploya un parchemin et lut à haute voix la confession de Foulques, baron de Clarenham, l'aveu de la conduite si indigne d'un chrétien et d'un chevalier par laquelle il avait tâché de livrer entre les mains de l'ennemi la personne du bon et fidèle Eustache de Lynwood, chevalier banneret, avec son écuyer Gaston d'Aubricour et d'autres amés et féaux sujets de son seigneur suzerain, le roi Edouard d'Angleterre ; et avec eux la forteresse appelée château de Norbelle, dans le comté de la Gascogne, appartenant à monseigneur Edouard, prince de Galles et duc d'Aquitaine... Ayant à cette fin suborné Thibaut Sanchez, sénéchal du château, Tristan-de-la-Flèche et d'autres encore, qui ayant avoué leur crime en ont reçu la récompense sous le gibet... sur lequel même gibet, il était arrêté par l'autorité du prince, duc et gouverneur d'Aquitaine, que le bouclier du dit Foulques de Clarenham serait pendu... lui-même étant dégradé des honneurs et des priviléges de la chevalerie, dont il s'était montré si indigne... et ses terres confisquées entre les mains du roi pour qu'il en disposât à son gré.

Ensuite Clarenham fut obligé de descendre de cheval et de poser un pied puis l'autre sur le billot où un cuisinier à large face, armé d'un énorme couteau, fit tomber ses éperons. Alors sir John Chandos, comme connétable d'Aquitaine, s'avança et ayant arraché le bouclier du bras de Clarenham, le présenta renversé à un des héraults qui l'emporta. La ceinture, autre emblème de chevalerie, fut détachée, et Chandos prenant l'épée, la brisa en trois morceaux sur son genou en disant : « Gisez-là, acier déshonoré ! » Et il le jeta à côté des éperons. Enfin, le casque, avec la couronne baroniale, fut enlevé et jeté par terre, laissant exposé à tous les regards ce sombre visage sur lequel la pâleur de la honte succédait à la rougeur de la rage.

— Et maintenant, à bas le traître, à bas le faux chevalier ! à bas !... cria à haute voix sir John Chandos, et ce cri fut relevé et répété d'une manière assourdissante par une multitude de voix. Le chevalier dégradé, le baron sans terres se dirigea vers la porte, et quand il la franchit, les cris et les hurlements redoublèrent au dehors.

— A bas le traître ! cria Henry de Lancastre avec les plus effrénés... Et vous, Edouard et Arthur, pourquoi ne criez-vous pas ? Ne haïssez-vous pas les traîtres et la trahison ?

— Je ne joindrai pas ma voix à celle de la populace, dit

Edouard ; et cela m'attriste de voir un chevalier dégradé. Que dites-vous, Arthur ?

— Hélas ! il est le cousin de ma mère, répondit Arthur, et j'ai aimé son nom en souvenir d'elle, et aussi pour Agnès... Où est Agnès ?

— Dans le couvent des Bénédictines, répondit Edouard. Mais, à vous seul, je confie qu'elle doit devenir l'héritière des terres de son frère, à condition qu'elle épousera... devinez qui ?...

— Pas mon oncle ? Oh ! lord Edouard, en est-il vraiment ainsi ? Comme le vieux Ralphe se réjouira !

— N'en parlez pas, Arthur... c'est ma mère qui me l'a dit, quand Agnès demanda la permission de se retirer dans le couvent, et que je craignais qu'elle ne prît un voile noir comme les religieuses, et que je ne puisse plus la voir.

— Où est mon oncle ? demanda Arthur regardant autour de lui. Je le croyais debout à côté de la chaise de la princesse.

— Il est allé dire quelque chose à sir John Chandos ; mais je ne le vois plus, répondit le prince Henry. On n'entend plus le tumulte du dehors.

Et en effet les vociférations avec lesquelles la multitude avait accueilli Foulques de Clarenham, après avoir augmenté pendant quelques instants, avaient cessé subitement... et pour une cause que l'on était loin de deviner dans la cour. Le malheureux Foulques, sans autre dessein que celui de se dérober aux yeux témoins de sa disgrâce, avançait toujours comme un homme qui rêve ; mais en quittant la cour, il entra sur une scène où le danger s'unissait à la honte. Le bas peuple, toujours content de la chute d'une personne élevée, et se rappelant des dettes non payées de Foulques, de sa conduite hautaine et méprisante, jouissait, comme français, de la disgrâce d'un de leurs oppresseurs ; tous se joignirent dans le cri : « A mort le scélérat anglais ! à mort !... à mort ! » Chaque main s'arma d'une pierre, et Foulques n'aurait eu que peu de temps à s'exciter au repentir, si ce cri sauvage n'eût frappé l'oreille d'Eustache, au moment où, debout au milieu de la cour, il recevait les félicitations de sir John Chandos, et des autres chevaliers qui s'empressaient autour du héros en faveur.

— Ils le massacreront, s'écria Eustache ; et s'arrachant à ses nouveaux amis, il s'élança vers la porte, et entra dans la rue au moment où Foulques venait de tomber à terre, atteint d'une grosse pierre lancée par John Ingram. Il se fraya un passage à travers une grêle de pierres et relevant la tête de Clarenham, s'écria :

— Comment, braves Bordelais ! voulez-vous devenir des assassins ? Est-ce digne d'un chrétien de triompher du malheureux ?

La populace étonnée s'apaisa pour un moment, mais quand Eustache, s'agenouillant à côté de Foulques, tâcha de le rappeler à la connaissance, des murmures s'élevèrent.

— Pourquoi se mêle-t-il de nos affaires ? Il est anglais ? C'est un autre de ces orgueilleux, fiers de leurs bourses, qui ne paient pas leurs dettes, et ruinent les pauvres gens de Bordeaux ! Nous aurons son sang si nous ne pouvons pas avoir son argent ! Allez-vous-en, sir chevalier, ne vous occupez pas du traître, si vous ne voulez pas partager son sort.

Eustache leva les yeux, il vit les pierres levées et plus d'un sabre tiré.

— Arrête ! s'écria-t-il, d'une voix claire et sonore. Je suis Eustache Lynwood, le capitaine du château de Norbelle !

Il se fit un silence instantané. Tous se portèrent en avant pour contempler celui dont les récentes aventures avaient excité tant d'intérêt et de curiosité, et l'attention de la foule se détacha entièrement du malheureux objet de sa poursuite.

— Noble chevalier ! se disait-on. Fleur de la chevalerie ! Avec quelle générosité, quelle charité chrétienne il se penche sur son ennemi ! S'il ne se venge pas, quel droit avons-nous de le faire ? Et regardez, son bras est encore en écharpe ? Bien ! j'aurais voulu cependant donner à ce mécréant la récompense de ses mérites !

Eustache ayant aperçu Ingram dans la foule, lui fit signe de le rejoindre ; en même temps, il demanda courtoisement l'aide d'un des spectateurs et réussit à conduire Clarenham à la chapelle d'un monastère dont la porte d'entrée donnait sur la rue.

— Vénérables pères, dit Eustache, je demande la protection de l'Eglise pour un homme malheureux, et, je l'espère, repentant... Je vous prie d'avoir grand soin de son ame et de son corps, jusqu'à ce que vous ayez de mes nouvelles.

Il quitta alors la chapelle avant que Clarenham eût repris assez l'usage de ses sens pour reconnaître son libérateur. Léonard Ashton s'était sauvé par un aveu circonstancié de tous les détails de l'infâme machination. Le prince l'avait renvoyé chez son père en profonde disgrâce, mais lui avait épargné le déshonneur public.

Quelques jours après ces évènements, la portière de l'abbaye des Bénédictines, située à quelques lieues de Bordeaux, pria lady Agnès de descendre au parloir où l'attendait un messager de la princesse de Galles. Elle descendit, mais grande fut sa surprise, lorsqu'au lieu d'une des femmes de son auguste maîtresse, elle aperçut sir Eustache Lynwood.

Son premier sentiment ne fut pas celui de la bienveillance. Agnès avait été indignée de le voir opprimé et sur le point d'être victime de la perfidie de Foulques ; mais dans ces jours où la faveur des grands était appréciée si haut, elle ne pouvait regarder avec complaisance la cause de la ruine de son frère et de la disgrâce de sa maison.

Elle frissonna et se fût retirée, si Eustache ne lui eût dit, d'une voix qui trahissait plus la douleur que tout autre sentiment :

— Lady Agnès, je vous prie de m'entendre, car vous avez beaucoup à pardonner.

— Pardonner ! non, sir Eustache ; c'est vous qui avez tout à pardonner à ma malheureuse maison ! Oh ! pouvez-vous, ajouta-t-elle, pouvez-vous me dire où l'infortuné a abrité sa tête contre la honte que je suis moi-même obligée d'avouer qu'il a méritée.

— J'ai eu des nouvelles du bar... de votre frère, ce matin, répondit Eustache. Un des bons moines du couvent où il s'est retiré, m'a parlé de l'amélioration de sa santé, et quoique encore bien abattu, il paraît revenir à de meilleurs sentiments.

— Merci, sir Eustache ; je l'espère et je le demande à Dieu, puisque le repentir est le seul bien dont il pourra jouir désormais. Mais, dites-moi, car je n'entends ici que des rumeurs vagues... est-il vrai que la populace l'a poursuivi et l'aurait tué sans l'intervention d'un vaillant chevalier qui brava toute leur furie ?

— Oui, lady Agnès, c'est vrai, répondit Eustache avec un peu d'embarras.

— Quel est ce noble chevalier pour que je puisse le nommer dans mes plus ferventes prières? Qui pourrait avoir plus de droits que lui à la reconnaissance du cœur brisé d'une sœur?

— Mylady, il n'a fait que son devoir ; ce n'était que le pardon d'un chrétien qui ne pouvait voir ainsi périr un de ses semblables sans tâcher de le sauver.

— Autrefois, sir Eustache, vous n'auriez pas nié la **grandeur** de cette action! Mais je ne veux pas me laisser dérober ma reconnaissance. Dites-moi le nom de mon bienfaiteur.

Eustache baissa les yeux, se troubla et dit :

— Vous souvenez-vous, lady Agnès, du chevalier que vous avez lié par la promesse qu'en cas que sa cause triomphât....

— Eustache! Eustache! Oh! j'aurais dû savoir que rien n'est trop généreux, trop élevé pour vous, et que vous ne dépréciez que la noblesse de nos propres actions. Oh! que vous rendrai-je pour la charité de votre conduite envers mon malheureux frère?

— J'espère, mylady, dit Eustache, que le retour de sir Foulques à Dieu vous consolera du triste passé. Les bons religieux espèrent que le malheur effectuera un changement salutaire dans cette ame égarée par les passions et que son pèlerinage en Terre-Sainte achèvera ce que la grâce a déjà commencé. Oui, il nous reviendra un autre homme.

— Il reviendra, mais où reviendra-t-il? dit Agnès d'une voix brisée, sans biens, sans chez lui, isolé, rejeté de tous, où reviendra-t-il abriter sa tête? car si l'on me dit vrai, le roi a confisqué ses terres et ses châteaux?

— Oui, c'est vrai; mais il y a un moyen de les rendre à leur légitime possesseur.

— Comment! que voulez-vous dire, sir Eustache?

— Agnès, je n'aurais pas voulu attrister votre deuil, en vous parlant si brusquement; mais le désir du prince ou plutôt celui du roi, est que l'affaire soit terminée au plus vite. Il vous cède en toute justice ces terres et ces manoirs, mais à une condition...

Agnès leva les yeux et le regarda avec anxiété, pendant qu'il hésitait dans un extrême embarras.

— A la condition que vous permettrez au prince de disposer de votre main en mariage.

— Oh! cela ne se peut pas, dit Agnès; mais comment cela pourrait-il être avantageux à mon pauvre frère?

— Parce que, lady Agnès, c'est en ma faveur que le prince disposerait de cette main que j'ai toujours tant aimée... Agnès, ce n'est pas de mon propre mouvement, mais uniquement pour obéir à l'ordre du prince que je suis venu vous faire une proposition, bien déplacée sans doute de la part de celui qui a été pour vous la cause involontaire de tant de douleur... Je sais aussi que vous ne souffririez pas l'idée de vous élever sur la

ruine de votre frère, et moi je ne pourrais pas vivre sur les
terres d'un parent, d'un voisin dont j'ai causé la disgrâce. Mais
ne voyez-vous pas qu'unis, nous pouvons faire ce que séparés,
nous ne saurions jamais opérer. C'est-à-dire, une fois la condition remplie, nous nous agenouillerons aux pieds du roi
Edouard, et nous obtiendrons, par nos prières, le pardon et la
réhabilitation de Foulques.

Les yeux d'Agnès se remplirent de larmes, et elle réfléchissait
à ce qu'elle devait répondre, lorsque la portière entra en
s'écriant :

— Mylady! mylady! voici la princesse de Galles et toute
sa suite devant le couvent!... où est la sœur Catherine?... où
est la mère abbesse?... Il n'y a personne pour la recevoir, et
j'ai égaré les clefs de la grande porte! Pendant que la bonne
religieuse s'en allait à la recherche de ses clefs, Eustache eut le
temps d'ajouter : « Oui, Agnès, la princesse est venue pour
vous reconduire à Bordeaux, en cas que vous consentiez à
faire le bonheur de ma vie. Pensez à Foulques avant de
vous décider.

Il parlait encore, lorsque toute la communauté entra dans le
parloir ; Agnès s'échappa pour se calmer un peu avant d'être
appelée par la princesse, et Eustache sortit dans la cour pour
se joindre aux autres chevaliers de la suite.

. . . .

— Eh! ma douce Agnès, dit la princesse, que dites-vous?
Consentez-vous à revenir à la cour où mes fils appellent à grands
cris leur aimable compagne de jeux ? Dépêchez-vous donc, ma
gentille demoiselle, car j'ai promis à mon petit Edouard de vous
ramener, et je ne saurais comment faire face à son courroux,
si vous ne revenez pas avec moi.

Agnès n'offrit aucune résistance, permit qu'on mît ordre
à sa toilette, prit congé de l'abbesse et des religieuses, et bientôt
se trouva, elle ne savait trop comment, montée sur son pa-
lefroi, au milieu de la brillante cavalcade qui accompagnait la
princesse de Galles.

Le vieux Ralphe fut l'homme le plus heureux du monde,
quand il vit son élève revenir le premier chevalier du comté,
le bien-aimé de son prince.

Pendant sept ans, les vassaux de Clarenham se félicitèrent de
l'administration douce, noble et ferme de leur nouveau seigneur
et de sa noble dame ; cependant, on remarquait avec quelque

surprise, qu'ils ne prirent pas le titre de Clarenham, et que sir
Eustache et dame Agnès Lynwood, au lieu de demeurer dans leur
castel, fixèrent leur séjour dans un petit manoir que lady Agnès
avait reçu de sa mère. Le château de Clarenham, sous le commandement de Gaston d'Aubricour, vit ses fortifications prendre
un aspect plus moderne, tandis que la garnison s'exerçait à
manier les armes d'après le système le plus nouveau.

Ces sept ans écoulés, sir Eustache et sa femme se rendirent
à la cour où, hélas ! de tous les membres de la royale famille
dont la présence avaient honoré leurs noces, ils ne trouvèrent
plus que le jeune roi Richard II et sa mère, la princesse Jéhanne.
Elle reçut avec bienveillance ceux qui lui rappelaient ses derniers beaux jours passés à Bordeaux, et promit volontiers de
seconder sa demande au conseil, « où, hélas ! dit-elle en branlant
la tête, Lord Henry de Lancastre, maintenant comte de Boling-
broke, ne s'opposait que trop souvent à elle et à son fils. »

L'étonnement des conseillers fut grand, lorsqu'ils apprirent
le sujet de la demande de sir Eustache Lynwood : « Que le roi
Richard daignât rétablir dans ses titres et ses terres, Foulques,
ci-devant baron de Clarenham, en considération des bons
services qu'il avait rendus à la chrétienté sur les côtes d'Afrique,
sous la bannière des chevaliers de Saint-Jean, dont le grand-
maître attestait sa bravoure et sa fidélité. »

Bientôt après, les portes de Clarenham-Castle s'ouvrirent
devant lord Foulques, humilié, repentant et entièrement changé.
Il y fut reçu par tous les nobles du comté à la tête desquels
chevauchait sir Eustache avec son écuyer et son neveu Arthur,
maintenant un vaillant jeune homme et qui s'attendait d'un
jour à l'autre à être appelé à la cour par la princesse Jéhanne,
qui désirait l'attacher à la personne royale de son fils, Richard II.

FIN.

TABLE.

FIN DE LA TABLE.

Tournai, typographie de H. Casterman.